D1336661

Flip & Tobias

Heen-en-weerboek
Afblijven, vooral Lana!

Kijk op www.spangas.nl voor de andere delen in de serie SpangaS

Ed van Eeden

Flip & Tobias

NCRV/NL-FILM in samenwerking met
Van Holkema & Warendorf

NUR 282
ISBN 978 90 475 0409 2

© 2007 NCRV/NL-Film
gebaseerd op de personages van tv-serie *SpangaS*,
geschreven door Anya Koek
© 2007 voor de tekst: Ed van Eeden
Distributie: Uitgeverij Van Holkema & Warendorf
Unieboek BV, Postbus 97, 3990 DB Houten
Ontwerp: Shop Around, Rotterdam
Zetwerk: ZetSpiegel, Best
www.unieboek.nl

Alles over SpangaS vind je op
www.spangas.nl

Eerste schooldag, maandag

Hey broer, balen hè, dat de vakantie voorbij is. Had van mij veel langer mogen duren. 't Enige voordeel is dat we weer vette grappen kunnen uithalen. Daar leef ik voor! We moeten een paar vette grappen bedenken om het nieuwe schooljaar meteen goed te beginnen! Dat zal Pa de Conrector wel niet zo waarderen, maar dat is pech dan. Hoe moeten we al die duffe lessen anders volhouden? Het wordt tijd dat hij eens inziet wat humor is, daar wordt 't leven een stuk leuker van. Dat geldt trouwens ook voor Lana, die kan ook een flinke dosis gebruiken. Hoe vaak heeft ze ons niet verraden bij pa, vorig jaar! Maar toegegeven, tijdens de vakantie was ze af en toe best oké, die zus van ons. Wie weet gaat ze onze grappen eindelijk eens waarderen. Heb jij al een paar goeie ideeën?

Tobias

Reken daar maar op, mafkees! Vroeg opstaan, saaie lessen volgen en stapels huiswerk maken, ik kan wel iets leukers verzinnen. En dan heb ik het nog niet eens over de enorme hoeveelheden strafwerk die we ongetwijfeld weer moeten maken, dankzij onze grappen. Hoe ouder mensen worden, hoe minder humor ze krijgen, lijkt het wel. Kijk maar naar die achterlijke preek waar pa ons vanmorgen op trakteerde, over dat wij als zijn zoons 'een voorbeeldfunctie' hebben op school. Dat we, omdat we nu eenmaal de zoons van de conrector zijn, het goede voorbeeld moeten geven aan de rest van de klas, omdat er 'extra' op ons wordt gelet. Hoe verzint hij het! En dat hij 'geen gedonder, maar goede schoolresultaten van ons verlangt'! Bèèh! Door zo'n stomme speech word ik vanzelf dwars en opstandig. (Wel erg lollig trouwens hoe je achter zijn rug mee playbackte, ik kon mijn lachen bijna niet inhouden. Zou hij écht niet in de gaten hebben dat hij na elke vakantie hetzelfde tegen ons zegt?)

Flip

PS: Zijn we goed begonnen of niet? Goeie timing dat we net bij de winkel van Irmaks ouders langskwamen toen zij die kisten met afgekeurde tomaten buitenzette. Vet man, wat gooide dat lekker, met die rotte tomaten! Fletsj, boven op dat stomme bord! Heb je nog gezien wat erop stond? 'De scholen zijn

weer begonnen'. Alsof wij dat niet weten! Wel minder dat pa het zag en natuurlijk meteen weer begon te zeuren. Maar dat had ik er wel voor over, wat jij!

Goed plan van je, bro, om ons heen-en-weerboek ook mee naar school te nemen. Maar dan moeten we er absoluut voor zorgen dat NIEMAND ons er ooit mee ziet. Anders krijgen we vast een hoop gezeik, omdat de mensen natuurlijk weer niet blij zijn met wat wij schrijven, vooral pa niet. Zijn wij weer de dwarse pubers. Huisarrest, geen tv, geen computeruren, lullige karweitjes opknappen, je kent het wel. Dus schrijven buiten beeld van alle anderen. ALLE anderen, begrepen? Voor mijn part op de plee. En ook onopvallend lezen, zodat niemand dit Belangrijke Manuscript kan afpikken of erin kan meelezen. Als je dat niet kunt garanderen, schrijf ik meteen geen letter meer.

Tobias

Rustig maar, ik heb een briljant plan. Kijk, ik schrijf gewoon 'Maatschappijleer' op dit schrift. Lijkt het net een huiswerkschrift! Als iemand het al ziet, denken ze dat we braaf huiswerk aan het maken zijn.

Het zal niemand opvallen, want wie boeit dat nou.

Voor de zekerheid kunnen we afspreken dat we dit heen-en-weerboek gewoon in jouw kluisje laten liggen. Of in het mijne, maakt niet uit. En dan gewoon in dat kluisje schrijven en lezen. We kunnen trouwens het beste mijn kluisje nemen, want dat is op de goede hoogte. In mijn kluisje kun je mooi schrijven en lezen zonder dat iemand kan meekijken, omdat je dan met je lichaam alles afblokt. Als iemand dan vraagt wat je doet, zeg je gewoon dat je wat huiswerk aan het wegwerken bent, of zo. Deal?

Flip

Prima idee, bro. Niemand kijkt toch raar op als ik bij jouw kluisje sta, of jij bij het mijne: dat is het mooie van tweelingen. Soms vind ik het wel lastig dat ze ons altijd door elkaar halen (en ook een beetje raar, want ik ben natuurlijk veel mooier, grappiger en intelligenter dan jij), maar het heeft ook z'n voordelen.

Ik neem het schrift na het laatste uur wel mee naar huis. Anders moet ik daar weer allemaal losse briefjes schrijven om jou Wijze Tips en Nuttige Levenslessen te geven.

Tobias

Helemaal okidoki. En als je een paar vetgoeie scènes hebt voor onze eerste film, dan kun je die ook mooi in het schrift zetten. Want ik vind dat het wel tijd wordt voor onze eerste Oscar. Wat dacht je van *Zombies op het Spangalis*? Als we Lana een paar keer goed laten schrikken dan hebben we vast een paar goeie scènes. Ik maak wel een paar zombiemaskers. (Of we gebruiken gewoon jouw hoofd).

Schrijf maar aan onze film en hou die Wijze Tips maar zelf. Anders schrijf je toch alleen maar flauwekul.

Heb je ons nieuwe rooster al gezien? Heeft pa zeker speciaal voor ons verzonnen. Twee blokuren Mokketier: daar word ik niet vrolijk van. En heel veel uren van een nieuwe leraar, Damstra. Nooit van gehoord. Waar zouden ze die opgegraven hebben?

Flip

Damstraal en Tokkemier. Bèèh! Ach man, die leraren zijn allemaal losers die zijn ingehuurd om ons eens even fijn dwars te zitten. 'Wil je een ongelukkige jeugd waarin je jezelf volstrekt kapot verveelt? Kom dan vooral naar onze school, waar we in al je behoeften voorzien. Sterker nog: wil je een ongelukkige jeugd waarin je je kapot verveelt en waarin je bovendien nog op je vingers wordt gekeken door een klikspaan van een zus en afgezeken wordt door je vreselijke vader, de conrector? Kom dan vooral naar het Spangalis College, beter bekend als De Hel op Aarde, speciaal ontworpen voor de gebroeders Van Hamel.'

Tobias

Haha! Ja, enne... 'Deze film, onder regie van de waanzinnig getalenteerde gebroeders Van Hamel zelf, is binnenkort te zien in een bioscoop bij u in de buurt! Met in de hoofdrollen: Flip van Hamel als Flip van Hamel en zijn broer Tobias van Hamel als Tobias van Hamel. En in de bijrollen Lana van Hamel als het Veenlijk van het Plaatselijk Moeras en de altijd grappige Frank Discipline-Is-Goed-Voor-Je van Hamel als de gebochelde conrector. Bestel nu kaarten via www.flipvanhamelisgeniaal.nl, (geintje!) voordat ze uitverkocht zijn.' Ik zie 't al helemaal voor me!

Wat vond jij trouwens van die Damstra? 'Zeg maar Jochem,' zei die beginneling. Pa ziet ons aankomen, als we onze mentor Jochem gaan noemen! Lijkt me trouwens wel grappig om dat aan tafel een keer uit te proberen. Gewoon strak, weet je wel, en dan zo van: 'Hebben we eigenlijk nog huiswerk van Jochem?' En jij dan: 'Nee hoor, je weet hoe Jochem is,

zulke dingen vergeet hij.' Kijken hoe hij daarop reageert!

Flip

Yo bro, die Damstra is nog helemaal niet zo oud. 'Meneer' past ook niet echt bij hem. En moet je zien wat hij allemaal wel niet geeft! Maatschappelijke Culturele Vorming én Informatica, en dan is hij ook nog eens onze mentor. Dan hebben we hem elke dag wel een keertje, man. Het moet niet gekker worden.

Hij kan echt geen orde houden! Zag je hoe ik de klas voor hem stil kreeg? Iedereen zwijgt bij het horen van het machtige stemgeluid van Tobias De Geweldige (niet te verwarren met zijn halfzachte broertje Flip de Varkenslip). Gewoon even lekker brullen: klaar.

Maar even serieus: we zullen nu toch stevig aan de bak moeten met een paar sterke grappen. Anders denken ze nog dat we het verleerd zijn in de vakantie. Zullen we eerst die Damstra maar eens pakken? Dan weet hij meteen wie hij voor zich heeft.

Tobias

Oké, maar dan wel een beetje normaal, hoor. Want die Damstra is wel onze leraar audiovisueel. Als we die tegen ons krijgen, is het meteen gedaan met de veelbelovende filmcarrière van de zeer getalenteer-de ikzelf. Dat moeten we niet hebben. Als we die Os-car willen pakken, hebben we hem nog wel nodig.

Maar het is inderdaad hoog tijd voor een strakke actie. Liefst zo snel mogelijk. Laat me nadenken...

Flip

Goed dat je het *pitch shift*-programmaatje had mee-genomen! Ik wist niet eens dat je het op onze school-USB-stick had gezet. We hebben er in de va-kantie al zo'n lol mee gehad. Echt lachen toen we er vanmiddag mee aan het rotzooien waren in het muzieklokaal en jij mijn stem een octaaf lager liet klinken. Mijn stem leek precies op die van pa, niet te filmen, man! (Bijna om bang voor te worden: wij hebben dus gewoon dezelfde stem als pa, maar dan wat hoger. Yuk!) Super als *special effect* voor onze film! En ik kreeg meteen een wereldidee. Als we die pitch shift nou eens gebruiken om die maffe Dam-stra te bellen! Denkt-ie dat ik pa ben. Lachen, man! Dan kunnen we hem van alles laten doen. Zeggen dat er 's avonds een vergadering is, of zo. Zodat hij dan helemaal voor niks naar school komt. Vet!

Nee, wacht, ik weet nog iets veel leukers: ik bel hem op en zeg dat hij niet hoeft te komen. Omdat de leraren een extra vakantiedag hebben of zo. Dan hebben wij mooi een paar vrije uren extra! Want we hebben die gast elke dag!

Tobias

Wauw, dat ging makkelijk! Je klonk echt net als pa, man! Gaaf! De rest van de groep hield het gewoon niet meer van het lachen. 'Een verandering van het lesrooster', geniaal gewoon. Dat hij erin trapte! En ook niet gewoon één dag, maar meteen een hele week! Hoe kom je erop, ik heb nog steeds pijn in m'n buik van het lachen. Dat zijn veel vrije uren. Goed werk, broertje!

Flip

Ja, hoe vond je hem? Dit is meteen de grap van het jaar, bro! En nog wel meteen op dag één: als dat geen wereldrecord is! Hier hebben ze het op school nog jaren over. De Meestergrap van de Hamel-broertjes. Met in de hoofdrollen de Aantrekkelijke Tobias van Hamel als zijn eigen vader, en Suffe Jochem als het kansloze slachtoffer. Yo! Waar blijven mijn applaus en staande ovatie? Haha. Als jij het had gefilmd dan was die Oscar nu al binnen.

Maar effe serieus: ik vind wel dat de anderen uit

onze groep ons nu mogen laten zien hoe blij ze zijn met al die extra vrije uren die we ze nu bezorgd hebben.

Tobias

Dinsdag

Ook lekker: die zak drop die ze voor ons gekocht hebben. Maar natuurlijk niet genoeg voor al die vrije uren, die wij geregeld hebben. Daar mag wel wat meer tegenover staan! Eigenlijk vind ik dat ze op z'n minst onze tassen wel zouden mogen dragen. Veel te zwaar om de hele dag mee te lopen zeulen, man. Een beetje dankbaarheid is wel op z'n plaats.

Flip

Hé, sukkel, jij zou het schrift toch meenemen! Het is maar goed dat ik het vanmiddag in het kluisje zag liggen, anders hadden we het nu niet thuis gehad. Je past toch wel op, hè. Vandaag of morgen vindt iemand dat schrift, en je weet wat dat betekent. Twintig jaar huisarrest.

Man, wat was pa boos, zeg! Dat konden wij natuurlijk ook niet weten, dat die Jochem meteen in een vliegtuig zou stappen. En dat-ie niet zomaar terug kan komen. Nu is-ie écht de hele week weg. Goed dat pa niet weet wie hem gebeld had, al zat hij wel te vissen. Zoals hij zich net zat op te winden aan tafel, was ik al erg blij dat hij niet op het idee kwam dat wij er wel eens achter zouden kunnen zitten. Laten we dit vooral stilhouden, broer. Erg stil!

Flip

Geen zorgen. Je hoorde wat hij zei: ze zoeken een volwassen kerel. Want zeg nou zelf, degene die Jochem gebeld heeft, had duidelijk de stem van een volwassene. Toch? Geen wonder dat hij ons niet verdenkt. Gelukkig...

Wij hoeven in dit geval maar één ding te doen: hier vooral niet over praten. En als pa erover begint: ons van de domme houden! Dat is in jouw geval niet zo moeilijk. Daar hoef jij zelfs niks voor te doen.

Wel beroerd dat pa nu die vrije uren opvangt. Ik heb liever les van Damstra dan van hem. Vooral omdat pa nu zo chagrijnig is, omdat hij die extra uren moet draaien. Voorlopig maar even geen grappen, zeker niet bij hem!

Want je had wel gelijk gisteren. Bij audiovisueel

kunnen we geen problemen gebruiken. We kunnen in het schrift wel alvast wat goeie acties opschrijven, komt altijd van pas voor onze film. En we krijgen vast nog wel de kans om een paar vette gruwelscènes op Lana te testen.

Maak jij je nou maar niet zo druk dat ik het schrift laat slingeren. Ik pas wel op. Wat er nu allemaal al in staat... levenslang huisarrest, denk ik.

Pas jij zelf maar op dat Lana het niet afpikt, of dat ze je betrapt tijdens het schrijven. Jullie zaten laatst zo te dollen thuis, en ze probeerde je tas af te pakken: levensgevaarlijk, man!

Ik zeg het je: pa mag dit schrift nooit te pakken krijgen, en Damstra ook niet. Maar als Lana het te pakken krijgt... dan kan ons leven wel eens heel vervelend worden. Je bent gewaarschuwd.

Tobias

Woensdag

Een tijdelijke grappenstilte, oké. In ieder geval voor deze week, tot Damstra weer terug is. Lijkt me sowieso verstandig, nu die gekke Fay ineens zo raar doet. En jij dacht dat Lana het gevaar was. Dat is toch niet normaal, dat ze dreigt om alles aan pa te vertellen? Dan zijn we er geweest, man! Hij zal ons vermoorden, of in elk geval de ergste straf ooit verzinnen… Wat een flauwe griet is dat kind, zeg. Alleen maar omdat we af en toe een geintje uithalen, moet toch kunnen? Knap lullig van haar om meteen zo te gaan doen. En dan ook nog aan ons vragen om 'extra aardig' voor haar te zijn. Alsof we dat niet altijd al zijn!

Flip

Echt een wijvenstreek, ja. Wat denkt ze wel niet? Zij was er toch ook bij toen we die wereldgrap scoorden? En zij was toch ook blij met al die vrije uren? Dat pa nu in die uren bij ons voor de klas staat, kunnen wij natuurlijk ook niet helpen. Dat de rest van de klas baalt, kan ik ook wel begrijpen. Maar toen we Damstra belden, vond iedereen het een vette actie. Niemand probeerde ons tegen te houden, maar nu gaan ze ineens lopen zeuren en krijgen wij de schuld. Ik ga ze echt die zak drop niet teruggeven (dat kan ook moeilijk, want die is allang op!).

Maar goed, we mogen niet riskeren dat Fay iets tegen pa zegt. Als ze maar niet denkt dat ze ons nu elke keer kan misbruiken, daar doe ik mooi niet aan

17

mee. Dat we vanmiddag voor paspop moesten spelen, was eenmalig! Ik ben haar slaafje niet! En ik baal behoorlijk, dat ze ons daar zo liet staan met die achterlijke jurken. Zag je die brugsmurfen lachen? Een beetje acteur hoeft niet in vrouwenkleren te lopen, da's een afgang. Ik voel me beter met een zombiemasker. Had ik trouwens wel op willen hebben, met die bruggers erbij. Dit moeten we niet pikken.

Tobias

Donderdag

Balen, man. Nu begint Luxor ook al! Ons een beetje lopen dreigen, dat hij naar pa zal stappen. Wat willen ze nou eigenlijk? Halen we zo'n geweldige grap uit en lopen ze er alleen maar over te zeiken! Ze lijken pa wel! Het is altijd hetzelfde, echte artiesten worden nooit begrepen. Het is maar goed dat we met z'n tweeën zijn, bro.

Maar laat je niet gek maken, want dan val je juist op. Ik zie Lana ook al steeds naar je kijken. Denk erom dat je niks verraadt! Ze is niet gek: als jij een beetje schuldig gaat lopen doen, weet ze meteen wat er aan de hand is. *Keep it cool*, bro. Als ons schrift geheim blijft, kan niemand ons wat maken!

Tobias

Behalve Lana dan. Echt, jongen, volgens mij weet ze het gewoon. Ze maakt de hele tijd van die toespelingen. En dan die achterdochtige blik van haar... Dat kind heeft een soort zesde zintuig. Ze wéét gewoon dat er iets gaande is. We moeten haar goed in de gaten houden, want als ze ons zoveel ziet schrijven, gelooft ze geen seconde dat we met ons huiswerk bezig zijn.

En helemaal een stinkstreek dat die klojo's uit de groep ons nu allerlei klusjes laten doen. Ons de hele tijd commanderen... Eerlijk gezegd word ik er een beetje ziek van dat ze steeds lopen te dreigen dat ze ons gaan verraden. Dat is toch niet normaal?

Flip

Zeg dat wel, ja. Zo gauw we iets doen dat mevrouw niet zint, zijn we vet de sigaar. Dat kun je op je vingers natellen, man: ze is net een tijdbom! En dan hebben wij weer straf.

Tobias

Hartelijk dank, Tobias de Slimme. Het was JOUW idee en JIJ hebt gebeld. Ik word er straks weer bijgelapt, terwijl het jouw schuld is. Elke keer het zelfde liedje.

Flip

Nou zeg, jij deed er net zo hard aan mee. Ga jij nou ook al lopen zeuren? (Je bent toch geen softie? Ik heb ook goed de balen van dat gecommandeer van iedereen. Zitten wij braaf onze kop te houden, als pa zich onder het ontbijt opwindt over die 'smerige bedrieger' die Damstra gebeld heeft. Laat Lana ons vervolgens de tafel afruimen. Terwijl het haar beurt was! En jou op school ook nog eens haar tas laten dragen! Je hebt wel gelijk: ze kickt op de macht die ze nu over ons heeft.

Maar ik wil geen gezeur van m'n eigen bloedbroertje, hoor je! Als ik gezeur had gewild dan had ik nog beter een zusje kunnen hebben.

Tobias

Vrijdag

Sorry, man. We zitten er samen in. Je hebt gelijk. Niet gaan lopen schelden dat je een zusje had willen hebben, hè. Daar zijn we geen bloedbroeders voor. De Super Van Hamel-bro's tegen de rest van de wereld!

Zelfs Irmak doet eraan mee, had ik niet van haar verwacht. Moeten we helpen kratten sjouwen en schoonmaken in de winkel van haar vader. En gaat die man ons ook nog bedanken, omdat we zo goed helpen! Alsof we het voor ons plezier deden. Laten we hopen dat iedereen na het weekend weer normaal doet...

Flip

Ze kunnen dit niet eeuwig volhouden, bro. Anders gaat het te erg opvallen bij de leraren. Het waait wel over, niks aan de hand. Als je maar zorgt dat het schrift GEHEIM blijft! Geen centje pijn. Wedden?

Tobias

Maandag

Zeg broer, we moeten een beetje uitkijken, nu Damstra weer terug is. Jochem is volgens mij niet zo dom als hij eruitziet. Hij doet wel luchtig over z'n weekje weg en dat-ie lekker bruin is geworden en zo, maar ik zag hem een paar keer in onze richting kijken. Zo'n beetje onderzoekend, weet je wel, alsof hij je controleert. Denk je dat hij iets vermoedt? Hij kan toch nooit weten dat wij achter dat telefoontje zaten?

Flip

Kalm, bro, dat kan hij natuurlijk niet weten. Hij let vast extra op ons omdat de andere leraren hem gewaarschuwd hebben voor ons. De Gebroeders Van Hamel, voor al uw grappen en vette gein.

Al moet ik toegeven dat ik 'm ook wel een beetje kneep, toen Damstra op school aankwam en pa hem meteen meenam naar de lerarenkamer. Pa móét en zal gewoon weten wie dat telefoontje heeft gepleegd. Zo is hij nu eenmaal (hoe eng dat ook is).

Tobias

Goed idee van mij, hè, om even te gaan afluisteren bij de lerarenkamer. Anders hadden we mooi niet geweten dat pa daar in de pauze zo'n stemmentest met Damstra deed. Niet te geloven, dat hij alle leraren wat liet zeggen, om te controleren of die Jochem hun stem misschien herkende. Zou hij echt denken dat een van de leraren zoiets geflikt kan hebben? Het grappigste vond ik nog dat Damstra wel de stem van pa herkende. Die anderen raar kijken! Alsof pa overspannen aan het worden was of zo. Je kent 'm. Volgens mij zou hij de leraren ook het liefst een keer huisarrest, nou ja, schoolarrest geven. Net zo lang totdat hij weet hoe het zit.

Hij is er in ieder geval knap pissig over…

Tobias

Dinsdag

Loopt die stomme Fay ons zelfs tijdens het maken van de schoolfoto te commanderen! 'Gaan jullie maar daar staan, anders verpesten jullie het beeld. Nee, nog verder naar achteren, anders kan ik jullie nog zien.' Tss… echt balen!

Het vervelendst vond ik nog dat Damstra het ook in de gaten had. Ik zag hem naar ons kijken, en naar Fay. Hij zal ons toch niet door hebben? Als ze zo doorgaan, dan hoeft Damstra ons schrift niet eens te lezen. Dan heeft-ie het zo ook wel door. Extra oppassen dus, zonder schrift kunnen ze niks bewijzen.

Flip

Easy, man. Dat schrift blijft geheim. Hij kan nooit wat bewijzen.

Die opdracht van 'De klas over tien jaar' is trouwens best een coole opdracht van Damstra. En dan ook nog in de vorm van een videopresentatie! Eitje! Daar gaat de Grote Tobias van Hamel in samenwerking met die halvezool van een broertje Flip van 'm een megakaskraker van maken. Kan meteen de bioscopen in!

Maar serieus, man: kunnen we zomaar lekker doen waar we zin in hebben met een videocamera. En het telt nog als schoolwerk ook! Ik had het zelf niet beter kunnen verzinnen.

Tobias

Kan wel wezen, maar wie loopt er weer met de camera? Mijn handige broertje. Terwijl ik natuurlijk weer met het geluid mag hengelen. Als je maar weet dat het morgen andersom gaat! Anders begin ik mijn eigen film.

En zag je Jochem kijken? Toen Irmak jou een klap voor je hoofd gaf. En toen Fay en Luxor ons zo afzeken? Hij had best in de gaten dàt we ons op de kop laten zitten. En hij zal ook wel snappen dat zoiets niet normaal is. Dat zit me helemaal niet lekker, broer. Dit zou wel eens helemaal mis kunnen lopen.

Flip

Kalm, broertje, gewoon sterk blijven. Als we allebei onze kop houden en niks laten merken, kunnen ze ons ook niets maken. Echt niet. Let jij nou maar op het schrift, dan gebeurt er niks.

Leuk trouwens van Irmak dat we met zo'n heel stel bij haar thuis uitgenodigd zijn. Had ik niet verwacht. Een ramadanmaaltijd: eten ze dan bijna niks of juist veel? Het zal wel veel zijn, want ik begreep dat het allemaal vrij feestelijk was. Nog nooit bij Turkse mensen thuis geweest, ben benieuwd.

Tobias

Natuurlijk is het veel, lijpo, wat zou jij doen als je de hele dag niks zou eten!

Flip

Zo, hé! Dat was lekker eten! Aardige mensen ook. Ik wou dat ik de videocamera had meegenomen, dan hadden we wat mooie opnamen kunnen maken voor Damstra's project.

En zie je wel dat we niks hadden hoeven meenemen! Staan we daar met die koekjes – belachelijk idee van ma, zeg! – terwijl de moeder van Irmak zelf zei dat we bij een ramadanmaaltijd rustig met lege handen hadden mogen komen.

Tobias

Ja, hèhè, natuurlijk zegt ze dat! Hoort allemaal bij hun gastvrijheid. Volgens mij was ze best blij met die koekjes. Ze zette ze in ieder geval gewoon bij de andere lekkere dingen op tafel.

Die ramadanmaaltijd was zwaar oké. Misschien moeten wij ook maar een vastenmaand gaan invoeren. Dan hebben we tenminste nog eens een feestje. Zo gezellig is het bij ons thuis ook weer niet, pa en ma maken steeds vaker ruzie.

Flip

Woensdag

Eh… ik wil niet veel zeggen, hoor, maar toen jij die Tarantino-act deed in dat filmpje, had je volgens mij beter niet je stem kunnen vervormen. Ik weet ook wel dat je tien jaar ouder wilde klinken, maar nu klonk je stem net als die van pa… En het ergste is: ik geloof dat Damstra dat ook merkte. Hij keek ineens zo raar naar ons. Echt, volgens mij weet hij het gewoon, stomkop! Dan zijn we goed de lul! Ik had beter meteen ons 'maatschappijleer'-schrift kunnen geven.

Flip

Je had gelijk. Oeioeioei. Jochem heeft het inderdaad door, anders had hij nooit meteen dat voice pitch-programmaatje uitgeprobeerd. Zijn stem klonk meteen ook een stuk ouder.

Shit, wat een sufkop ben ik. Als ik nou niet zo stom had gedaan, was hij er vast nooit achter gekomen. En nu? Hij gaat natuurlijk direct naar pa. Ik kan mezelf wel voor m'n kop slaan.

Tobias

Sla jij je maar voor je kop, anders doe ik het. Zie je nou wel, ik dacht de hele tijd al dat we gepakt zou-

den worden. En jij zei dat ze ons niks konden maken! Als dit uitkomt, hebben we de rest van het jaar
huisarrest. Vette ellende, man!

We moeten Jochem maar zoveel mogelijk uit de
weg gaan. En er verder maar het beste van hopen. Ik
zou niet weten wat we anders zouden moeten
doen...

Flip

Donderdag

Best grappig, hoe Damstra dat aanpakte met Luxor.
Eerst valt die sukkel meer van z'n BMX-fiets af dan
hij er bovenop zit. Dan zorgt Damstra dat we hem
aanmoedigen en blijkt die jongen het ineens wel te
kunnen. Nooit gedacht dat zoiets echt zou werken.
Het zit allemaal tussen je oren, zou ma zeggen.

Tobias

Kan zijn, bro, kan zijn. Maar ik had hem toch wel effe
zitten, toen Jochem het daarna in de klas had over
wat het gedrag van een groep kan doen met iemand.

En dat de hele groep schuldig kan zijn aan iets wat een enkeling heeft gedaan. 'Hoe meer mensen, hoe minder hersenen', zo had ik het nog nooit bekeken.

Flip

Dat geldt dan voor onze hele groep. Man, ik schrok me rot toen pa de klas binnen kwam. Zag je hem naar ons kijken? Ik zweer je dat hij het wist!

Ik dacht dat we eraan waren, bro. Dat de hele klas toen opstond en iedereen de schuld op zich nam... Dat had ik echt niet verwacht. Dat was echt vet.

Tobias

Komt volgens mij alleen maar door wat Damstra daarvóór had gezegd. Anders hadden we het inderdaad kunnen vergeten, ben ik bang. Ik vond het echt mooi dat Luxor ook opstond. En daarna de rest.

Damstra ook, geloof ik. Toen pa de hele klas straf had gegeven en wegliep, zag ik hem glimlachen, ook al zei hij dat solidariteit in dit geval niet zijn ding was.

Hé, en die straf, hè: ramen schoonmaken met z'n allen. Nou, daar had ik van tevoren voor getekend. Het kon slechter!

Flip

Yep, ik ook. Daarom heb ik ook aan de anderen gezegd dat ik het cool van ze vond. Ze hadden ons er net zo makkelijk alleen voor kunnen laten opdraaien. Ik bedoel, wij hebben tenslotte gebeld, laten we eerlijk zijn. Nee, jongen, hier heb ik een goed gevoel over.

Zullen we na schooltijd een patatje doen?

Tobias

JIJ hebt gebeld, weet je nog? Maar goed, laat ook maar. Het was wel een steengoeie grap, het liep alleen anders dan we hadden gepland. Trouwens, er moet wel een frikadel bij dat patatje.

Flip

Dat was lekker. Effe wat anders, bro, vind je ook niet dat we Lana flink moeten aanpakken? Zoals ze ons chanteerde met Damstra en ons voor haar karretje spande... Grrr! Dat kunnen we niet over onze kant laten gaan! Het wordt tijd om een vette actiescène voor *Zombies op het Spanga* uit te proberen, vind je niet? Zullen we haar vanavond te grazen nemen? Stoppen we een joekel van een spin in haar bed. Schrikt ze zo dat ze de rest van de nacht geen oog dichtdoet, haha!

Tobias

Missie volbracht, broer. Ik heb dat beest (hij was trouwens wel érg groot, ik durfde hem zelf bijna niet te pakken) in het T-shirt onder haar kussen verstopt. Met een beetje geluk trekt ze dat ding aan zonder dat ze het merkt. Gaat dat beest op 'r zitten! Wedden dat haar gekrijs tot aan het eind van de straat te horen is? Lachen, man!

Flip

Niet zo mieterig, het is maar een spinnetje. Maar wel een goed idee van dat T-shirt. Ik had het zelf niet beter kunnen doen. Ze kan nu elk moment naar bed gaan. Heb je de camera in de aanslag? Ik wil haar krijsende rotkop vastleggen, mooi chantagemateriaal voor later. En het begin van onze super zombiefilm. Haha, de voorpret is bijna net zo leuk als het effect! Showtime!

Tobias

Hé bro, ze is nu allang naar bed en ik heb nog geen geluid gehoord. Sterker nog, volgens mij hoorde ik haar zelfs snurken, toen ik net door het sleutelgat van haar deur loerde. Die spin is echt supergroot, die zie je niet over het hoofd, zeker niet als-ie in je T-shirt zit. Zou ze dat beest zonder het te merken geplet hebben of zo?
   Balen. Ik ga slapen.

Flip

Vrijdag

Flippo, ik schrok me vanmorgen echt te pletter in de badkamer. Ja, lach maar, jij zou het ook niet tof vinden als er ineens een dikke vette spin op je blote voet ging zitten als je in de douche stapt. Als je nu niet ophoudt met lachen, krijg je een dreun!

Het is jouw schuld dat ons plan mislukt is. Je had dat beest toch zo goed verstopt? Niet dus! Lana heeft er helemaal niks van gemerkt. Verzin jij nu maar iets om haar te grazen te nemen.

Tobias

Haha, wie is hier een mietje? Toen ik jouw gekrijs hoorde, wist ik meteen dat het die spin was. Ik kon er niks aan doen dat ik moest lachen, het was gewoon erg geinig, geef maar toe. Bovendien heb ik al een ander plan om haar terug te pakken. Zullen we haar tandenborstel in de wc houden? Dat heeft ze wel verdiend na die stinkacties van haar!

Flip

Bedankt dat je het mij liet doen, bro, dat was tof van je. Ha, wraak nemen zonder dat iemand het merkt is eigenlijk best handig. Wij hebben de lol en we krijgen mooi geen straf!

Tobias

Haha, zeg dat wel! Maarre, zou ze hier geen ziekte van kunnen krijgen of zo? Dat zou ik dan wel weer zielig vinden. Wel geinig als ze nu uit haar mond gaat stinken, loopt iedereen in een grote boog om haar heen.

We hebben alleen nog steeds onze vette actie-scène niet…

Flip

Maandag

Zeg Tobias, even iets anders. Weet je wat ik nou niet begrijp? We zijn een eeneiige tweeling en lijken best veel op elkaar (ik geef het niet graag toe, maar mijn hoofd vertoont helaas vrij veel overeenkomsten met die rotkop van jou). We kunnen allebei meesterlijke grappen verzinnen en willen later allebei in de film-business. Ik denk zelfs vaak hetzelfde wat jij denkt: we vullen elkaar altijd aan. Maar aan de andere kant heb jij geen enkele moeite met wiskunde, terwijl ik daar echt geen zak van snap. Al dat gehannes met die letters en cijfers, ik begrijp werkelijk niet wat daar nou voor systeem achter zit. Hoe is het moge-lijk dat we daarin zo verschillen?

Flip

Niet raar doen, bro, dat geldt voor mij natuurlijk net zo goed met bio. Ik kan maar niet onthouden hoe dat zit met die erfelijkheid en met die bloed-groepen en zo. Waarom moeten we zoiets eigenlijk leren? Alsof we daar later iets aan hebben, of zo! Duh! Geef mij maar wiskunde: dat is tenminste lekker overzichtelijk, daar weet je precies wat je hebt.

Tobias

Dat bedoel ik, soms zijn wij als tweeling dus gewoon twee eenlingen. Echt raar is dat, geen idee hoe zo-iets werkt. Als ik nou iets van jouw wiskundetalent zou hebben, mocht jij best wat van mijn mooie bio-logiecijfers hebben, hoor. Dan hadden we het allebei

34

een stuk makkelijker op school... Zoals het nu gaat, heb ik straks een vette onvoldoende voor wiskunde op m'n rapport. En ik weet nu al hoe enthousiast pa en ma daarover zullen zijn! Niet dus!!

Flip

Tja, het mooiste zou zijn als ik voor ons allebei die wiskunderepetitie van volgende week zou doen. En dan jij twee keer biologie.

Maar wacht eens: dat kan natuurlijk gewoon, bro! Vet cool plan, dat ik daar niet eerder op gekomen ben. We doen gewoon een dubbelswitch: ik maak jouw wiskunde en jij mijn bio. Mijn wiskundecijfer kan het wel hebben en jij staat ook super goed voor biologie, dus dat is het probleem niet.

Tobias

Briljant, broer! En nu ik er over nadenk, het kan nog veel briljanter! Jij maakt gewoon snel je wiskunde-opgaven en gaat dan naar de wc. En als je bijna terug bent, ga ik ook. Tweelingen moeten nu eenmaal altijd plassen als de ander ook moet, toch? Nou, dan ruilen we op de gang snel van shirt en ga jij nog even terug naar de wc. Kom ik terug in de klas en ga ik op jouw plek zitten. En jij even later op mijn plek, zodat je ook mijn repetitie kunt maken. Zijn we allebei binnen!

Met bio doen we dan de dag erop precies hetzelfde, maar dan omgekeerd. Top, toch?

Flip

Ik zeg het niet graag, broertje, maar je bent bijna net zo geniaal als ik. Niet helemaal, natuurlijk, anders zou ik niet zo uniek zijn als ik ben. Eentje moet de slimste zijn, en helaas voor jou ben ik dat!

Tobias

Zeik niet, man, je bent maar een halve tweeling! Met een halve hersencel of zo. Je mag dan wel goed staan voor wiskunde, verder gebruik je je halve hersencel niet al te veel. Je had je kluisje open laten staan, sukkel. Ik heb het maar dichtgedaan voordat iemand ons 'maatschappijleer'-huiswerk wil overschrijven. Slimmerik. Not.

Flip

Dinsdag

Ligt het nou aan mij, of verzint die Mokketier steeds meer opdrachten die wij ook leuk vinden? Zo'n weblog maken, dat lijkt mij best tof. Gewoon een site opzetten en elke dag bijwerken, daar is geen kunst aan.

Tobias

Effe serieus, broer! Niet zomaar een weblog! Die blog moet echt de Allerbeste Blog van het Westelijk Universum worden! Die prijs, man, die moeten wij winnen!

Dus wij gaan die webcam winnen. Lullig voor de rest, maar ze hebben nu al geen kans meer. Onze naam staat gewoon op dat ding, dat staat vast! Wij maken samen een wereldblog over films en special effects, dan kan het niet meer mis. Een paar bloederige actiescènes, ook meteen voor onze film, die kunnen we ook wel gebruiken!

Flip

Het wordt nog 's wat met de zombies op het Spanga. Wat denk jij?

Dacht jij ook dat pa een grapje maakte, toen hij in de klas kwam vertellen over die rampenoefening, volgende week? Vet dat wij met onze klas de gewonden moeten voorstellen! Misschien nog wel beter voor onze blog. Ik speel natuurlijk een zwaargewonde, en reken maar dat ik indrukwekkend dood zal gaan. Zet die Oscar maar vast klaar. De beste mannelijke hoofdrol ooit is gewonnen door: Tobias van Hamel.

Tobias

Het was zeker geen grap van pa. Heb je hem wel eens een grap zien maken? Precies, dat kan-ie helemaal niet. Je zag toch hoe serieus hij was... en dan ga jij dus op de grond liggen stuiptrekken, ik begrijp ook wel dat hij niet zit te wachten op zulke dingen in de klas. (Al zag 't er wel erg grappig uit!) Maar hij snapt toch ook wel dat zo'n oefening dikke pret is? Dat daar ook een lollige kant aan zit?

Ik hoorde ma pas tegen hem zeggen: 'Ach Frank, jij bent toch ook jong geweest.' Nou, volgens mij niet hoor. Ik geloof dat die man oud geboren is. Waarom kan hij nou nooit eens meelachen? Eén ding staat vast: als blikken konden doden, waren we er allebei allang geweest. Zag je hoe kwaad hij naar je keek? Onze vader is soms echt eng. Hij kan zo een zombie spelen!

Flip

Woensdag

Gaan we dik winnen, die webcam. Wie wil er nou over Fay's mode lezen? Of over die zielige diertjes van Irmak. En ik heb even meegekeken bij Luxor, die was bezig met een blog over een prinses in een kasteel. Bwèèh! Ging over Valerie, je weet wel, dat grietje uit de parallelklas. Is die lijp dus helemaal verliefd op.

Ik even met Valerie praten op het schoolplein, en natuurlijk gezorgd dat Luxor me zag. Gewoon een beetje kletsen met dat meisje, ging helemaal nergens over. Maar Luxor dacht dus dat ik het over hem had. Want daarna ging ik naar hem toe en heb ik precies gezegd wat hij wilde horen: dat zij graag met hem in een droomkasteel zou zitten. Je had hem moeten zien, man! Hij geloofde het helemaal! Goeie gein!

Zullen we vanmiddag na schooltijd even langs de feestwinkel gaan om alvast wat spullen te kopen voor de rampenoefening? Dat wordt lachen!

Tobias

Mooie spullen gescoord, broer. Zo'n gelegenheid als die rampenoefening kunnen we inderdaad niet zomaar voorbij laten gaan. We hebben wel een naam op te houden! Geweldig, die nepvingers en al dat nepbloed. Een beetje ramp hoort er wel echt uit te zien, vind ik altijd maar. Op internet nog even tips voor extra bloederige effecten opzoeken.

Ik wil trouwens niet veel zeggen, maar ik hield het bijna niet meer van het lachen toen jij Roze Bril-Luxor ging lopen uitleggen hoe hij meisjes moet versieren. Alsof jij zelf ooit een vriendinnetje hebt gehad!

Flip

Jij wel dan, mafkees? Dacht het niet.

Zullen we nog een geintje uithalen met Luxor? Die jongen loopt echt met z'n hoofd in de wolken. Alsof die Valerie hem ziet staan! *No way!* Zullen we een nepliefdesbrief, zogenaamd van haar, in zijn tas stoppen? Dat ze hem wil zien, onder vier ogen, omdat ze hem iets wil vertellen. En hem dan naar een overvol lokaal laten gaan, waar zij les heeft. Dat is een vette grap, man! *Are you in,* bro?

Tobias

Nee, man, ben je soms vergeten hoe hij tegen ons deed na dat telefoontje van Damstra? Laten we die gozer voorlopig maar even te vriend houden. Bovendien vind ik het ook wel een beetje zielig om hem tegenover dat meisje voor paal te zetten. Hij is echt smoorverliefd op haar. Laten we ons even rustig houden, oké?

Flip

Oké, oké... Als we maar niet té braaf worden, we hebben wel onze goeie naam hoog te houden. Bedenk jij dan maar vast iets nieuws.

Tobias

Hé, wat dacht jij dan? Ik bedenk wel iets nieuws. Na de rampenoefening dan, daar hebben we voorlopig onze handen aan vol. Dat wordt vet!

Flip

Vrijdag

Vandaag is de dag, broertje! De rampenoefening! Yeah! We zullen ze eens even laten zien hoe de Van Hamel Brothers een ramp weten neer te zetten! *Let the show begin!*

Tobias

Dat ging goed, man! Nooit gedacht dat die gekke Mokketier zulke levensechte nepwonden zou kunnen schminken. Vooral Fay had ze heel echt gemaakt: als je niet beter wist, zou je echt denken dat ze levensgevaarlijk gewond was!

Maar wij waren natuurlijk weer de beste! Natuurlijk, want wij ZIJN gewoon ook de allerbesten. Toch? Goed dat we filmopnames gemaakt hebben, komt altijd van pas.

We hebben zelfs dat gekke mannetje erop staan. Wat een druktemaker, zeg! Komt even de hele rampenoefening verpesten en zorgt ook nog dat wij straf krijgen. Alleen maar omdat we wat vuurwerk afstaken. Terwijl dat natuurlijk juist bij zo'n ramp hoort! Alsof wij zo stom zijn om een lokaal in de fik te zetten. We zijn toch niet achterlijk.

Flip

Zag je hoe kruiperig pa tegen die man deed? Niet te filmen, zeg! 'Ja, meneer Donder. Nee, meneer Donder. Natuurlijk, meneer Donder. Komt in orde, meneer Donder.' Zo heb ik hem echt nog nooit gehoord! En dan kwaad lopen doen tegen ons, omdat wij een of andere subsidie in gevaar zouden brengen. Vanwege een beetje vuurwerk, zeker!

Soms begrijp ik echt niks van die man, wil je dat wel geloven? Dan vraag ik me af hoe het kan dat zo'n chagrijn onze vader is. Toch eens aan ma vragen. Of nee, dat lijkt me toch niet zo'n goed idee. Zit ze niet op te wachten, lijkt me, met al dat geruzie.

Tobias

Echt balen dat pa ons een hele muur liet witten, alleen omdat zo'n druktemaker van de gemeente hier een beetje belangrijk komt lopen doen! Blij dat de conciërge ons hielp, al mocht dat dan niet van pa.

Flip

Zeg dat wel, Aldert is een toffe vent. Dat kun je van pa niet zeggen, wat een slavendrijver. Hij reageert altijd zo overdreven. Echt oneerlijk hoe hij met ons omgaat. In vergelijking met anderen worden wij altijd dubbelzwaar gestraft, alleen omdat we de pech hebben dat hij onze vader is. (Alsof dat al niet erg genoeg is!)

Tobias

Maandag

Mokketier kan zeggen wat ze wil: ik weet ook wel dat we met die blog een prijs kunnen winnen. Natuurlijk wil ik die webcam ook supergraag hebben, daar kunnen we ook leuke grappen mee uithalen. Maar ik ben het helemaal met je eens dat we dit niet zomaar voorbij konden laten gaan. Eerst schrok ik even, toen je het voorstelde, maar nu vind ik ook dat het stoppen met die weblog de beste manier is om te protesteren.

Heb je gezien dat ik in koeienletters 'Wij staken' over de blog heb gedigiplakt? Dat is in ieder geval duidelijk!

Flip

Ja, maar dat filmpje dat we er nu op geplaatst hebben is nog veel beter! Door die opnamen van dat kwade mannetje wat sneller af te draaien, lijkt hij nog veel belachelijker dan hij toch al is. Het ziet er echt heel grappig uit. En zo doen we tenminste ook nog mee voor die prijs. Want die webcam moeten we echt hebben, man!

Tobias

Ja, natuurlijk was het hartstikke grappig! Ik zag Mokketier ook lachen. Maar wie kon er natuurlijk weer niet om lachen? Onze eigen pa! Tjongejongejonge, wat word ik moe van die man, zeg! Ma is niet de enige. Gaat-ie me daar een partijtje lopen zeiken dat iedereen onze blog kan zien, dus dat de school grote moeilijkheden kan krijgen met die meneer Donder. Alsof zo'n man op het web gaat zoeken naar onze blog! Kom nou toch!

Zitten we wéér zonder blog. Kunnen we die webcam ook wel vergeten…

Flip

Dinsdag

Je hebt helemaal gelijk, bro, die man is echt volkomen humorloos. Geef nou toe: dat was toch een wereldprestatie van mij, vanochtend bij het ontbijt! Had ik alweer een Oscar voor moeten krijgen. Zoals ik met m'n vingers tussen het klepje van de broodrooster ging zitten, net of ik een enorme schok kreeg. En dan lekker overtuigend in elkaar zakken... Yes! Krijgt pa een halve hartverlamming en gaat-ie zo staan schreeuwen! Wat een flauwekul om te doen alsof het allemaal zo gevaarlijk was, wat ik deed! Natuurlijk had ik van tevoren de stekker uit het stopcontact gehaald, ik ben toch niet gek?

Waarom kan hij daar nou nooit eens om lachen? Het was toch een wereldgrap? Maar nee hoor, wij krijgen weer straf. Sorry, broertje, dat ik jou ook huisarrest heb bezorgd. Ik zou het zó weer doen, trouwens, want ik vind het nog steeds een geweldige grap. Zag je hoe ma keek? En Lana dacht echt dat ik er geweest was! Ha, dat had ik voor geen goud willen missen! Dan maar huisarrest...

Tobias

Dat huisarrest is wel balen, maar ik heb het er graag voor over. Ik heb me rot gelachen! Die koppen, niet te filmen gewoon! Echt goed geacteerd van je: je mag later in mijn films spelen.

Wat ik wel zwaar balen vind, is dat we nu voor straf niet naar dat feest op school mogen. Die prijsuitreiking kunnen we wel missen, want die webcam winnen we nu toch niet. Zeker niet als we onze blog op de laatste dag niet mogen promoten. Maar het hele feest, man, daar was ik toch wel graag bij geweest.

Wie geeft er nou zo'n straf? Huisarrest op de dag van een schoolfeest? Dat kun je toch niet maken? Zeker niet als conrector aan je eigen zoons! Waar is pa toch mee bezig, man?

Flip

Tja, bro, we kunnen wel proberen om de blog nog wat op te leuken en wat mensen mailen dat ze ernaar moeten gaan kijken. Maar vanaf onze kamer gaat zoiets toch niet zoals we het vanuit school hadden kunnen doen. Het wordt nooit wat, op die manier.

En waar ik echt zwaar de ziekte over in heb, is die trut van een Lana. Omdat zij vrij heeft en weet dat wij hier voor straf op onze kamer opgesloten zitten, stuurt ze zo'n treiterig sms'je met op de achtergrond zo'n stomme knol. En dan komt ze ons ook nog eens lekker sarren voor de deur. Omdat ze weet dat we er toch niet uit kunnen!

Maar dat laat ik toch echt niet over m'n kant gaan, broertje. Ze bekijken het maar, met dat stomme huisarrest. Ik klim gewoon langs de regenpijp naar beneden. Ze kunnen me wat! Dan kun jij wel zeggen dat we daardoor alleen nog maar meer ellende met pa krijgen, maar dat zal me nu eerlijk gezegd worst wezen. We zullen die zwaar irritante zus pakken, voor wat ze ons flikt. Wraak!

Tobias

Op school is ze niet, broer. Ik hoorde van Jolé, dat mooie meisje uit Lana's klas, dat Lana met een hele groep aan het paardrijden is. Vette pech, want ik had graag een paar opnamen van haar gemaakt, zodat we dat filmpje dan lekker konden bewerken om het op internet te zetten.

Wat was ze trouwens verdrietig, die Jolé. Kan ik slecht tegen, als zo'n meisje bijna zit te janken. Goed dat we haar een beetje hebben opgevangen.

Maar oké, nu eerst naar de manege. Want Lana is nog niet van ons af!

Flip

Een paar dagen later, vrijdag

Wil je wel geloven dat ik er helemaal niks meer van weet, broertje, van wat er is gebeurd? Als ze ons hadden verteld dat een paard ons bewusteloos had getrapt, zou ik het ook geloofd hebben. Ik heb die hele auto niet gezien en weet niet eens dat we geraakt zijn. Hoe lang hebben we daar wel niet gelegen? We hebben stomme mazzel gehad dat we het hebben overleefd.

Tobias

Niet alleen mazzel, broer. Lana vertelde dat ze ons hadden zien liggen, maar dat ze dachten dat het een grap van ons was. Op zich wel grappig. Als het niet zo ellendig was... Door onze grappen geloofde niemand dat we écht gewond waren. Daar ben ik toch wel van geschrokken. Maar goed dat Jolé en Barry naar ons op zoek zijn gegaan. Anders weet ik niet hoe het afgelopen zou zijn. Dan draaide de wereld nu misschien wel zonder ons door. Of was een van ons doodgegaan. Dat is pas een raar idee. Ik moet er niet aan denken dat jij er niet meer zou zijn!

Flip

Nou niet gaan lopen janken, bro. Alles is toch goed afgelopen? Maar toegegeven, ik ben ook geschrokken. Ik zou er helemaal niks aan vinden zonder jou. Weet je nog, dat ik toen we nog klein waren bijna in zee ben verdronken? Er was opeens een sterke stroming die me meesleurde, ik dacht echt dat ik er geweest was. Dat jij toen ook in het water sprong om mij te redden, terwijl jij toen ook nog niet kon zwemmen. Dat was eigenlijk best stoer van je.

Tobias

Natuurlijk weet ik dat nog, zoiets vergeet je nooit meer. Ik weet nog dat ik je steeds verder zag afdrijven en hoe bang je was. Zo stoer was het trouwens niet dat ik ook in zee sprong; ik deed het vooral uit eigenbelang. Wat moet ik zonder jou beginnen? De wereld is niet compleet zonder het geweldige duo Flip en Tobias! Ook al kon ik niet zwemmen, ik zou nooit mijn eigen broer zomaar laten verzuipen. Maar toen ik er ook in lag, dacht ik eerlijk gezegd dat we het allebei wel konden vergeten. Ik snap eigenlijk nog steeds niet hoe het ons is gelukt, maar we zijn er samen uitgekomen. Niet alleen dankzij mij. Samen, bro! Vergeet dat niet.

Flip

Toch vond ik het toen erg cool van je. Je waagde gewoon je leven voor mij. Zou ik ook voor jou doen, als het zou moeten. Je hebt helemaal gelijk: zonder ons zou het oersaai zijn op het Spanga. Maarre, het is nog altijd het geweldige duo Tobias en Flip, hoor je me? Ik ben wel mooi de oudste, en ik bedenk meer grappen dan jij. In films wordt de hoofdrolspeler ook altijd eerst genoemd, knoop dat goed in je oren.

Tobias

Wat jij wil, mafkees! Jij, de hoofdrolspeler? Ík was in dit geval volgens mij toch echt de held van het stuk. Die klap heeft je gezonde verstand in elk geval behoorlijk aangetast, haha. Au, lachen doet nog steeds best zeer.

Flip

Man, ik wist niet wat ik zag, toen wij daar op de grond lagen en die hele groep van Lana's klas om ons heen stond. Toen ik mijn ogen opendeed, was Damstra de eerste die ik zag. Hij heeft ons best goed verzorgd. Ik ga later ook zo'n EHBO-diploma halen, daar heb je nog eens wat aan. Blij dat hij geen ziekenauto heeft laten komen, want ik vond het wel best dat hij ons in zijn eigen auto naar school bracht.

Ik weet niet hoe lang we buiten westen zijn geweest, maar ik voelde me in ieder geval totaal geradbraakt. Koppijn, man, niet normaal! Nou ja, dat betekent in ieder geval dat we een paar dagen niet naar school hoeven, met een lichte hersenschudding. Dat had Damstra goed in de gaten! Hij kan blijkbaar echt in ons hoofd kijken. Moet vast een grote opluchting voor je zijn, trouwens. Nu is in elk geval bewezen dat je echt hersens hebt, haha!

Tobias

Pfff, zo te lezen ben je alweer bijna beter.

Ik had de afgelopen dagen écht geen behoefte aan ons schrift. Ik wilde niks lezen, laat staan dat ik iets wilde schrijven. Ik was echt kotsmisselijk, man, en alles draaide. Ben blij dat ik nou eindelijk een beetje van die hoofdpijn af ben. Zo, hé!

Ik weet nog vaag dat er een auto achter ons was, maar dat is ook alles wat ik me van voor die klap kan herinneren. Wel behoorlijk kloterig om te bedenken dat iemand ons dus heeft aangereden en ons daar gewoon heeft laten liggen. Wie doet nou zoiets? Ik bedoel: iemand zomaar halfdood op straat laten liggen? Zo iemand spoort toch niet? We hadden wel echt dood kunnen zijn.

Blij dat Aldert ons op school opving, want ik was

echt nog helemaal wazig, toen Damstra ons daar af-
leverde. Aldert is echt zwaar oké.

Je weet dat ik van een goeie actiefilm hou, maar
we hadden nu mooi de verkeerde hoofdrol, broer.
Dat moet beter.

Zag je hoe boos pa eigenlijk op ons was? Ook bezorgd, natuurlijk, en zo te zien behoorlijk opgelucht
dat we niet echt gewond waren. Maar hij was duidelijk wel kwaad. Hij heeft nog altijd niks gezegd,
maar het zal wel weer huisarrest worden…

Flip

Hoe vind je zoiets? Ik was helemaal vergeten dat we
die camera bij ons hadden. Echt totaal niet meer
aan gedacht. Goed dat Nassim, je weet wel, die coole
gast, zit bij Lana in de klas, nog even op de plek van
ons ongeluk is gaan kijken en dat ding gevonden
heeft. En helemaal goed dat hij die auto daarop gezien had. Niet te geloven dat je daar dus zonder het
te weten een opname van gemaakt hebt! En dat
Nassim die auto heeft weten na te trekken.

Tobias

Ik vind het nog veel ongelofelijker dat het nou net
die druktemaker, die meneer Donder, blijkt te zijn

geweest die ons heeft aangereden. En die vervolgens doodleuk is doorgereden. Goed dat ze hem te pakken hebben gekregen. Kan die Donder mooi alle schade betalen, want mijn jack en mijn mooie schoenen kan ik nu wel weggooien.

Pa extra blij, natuurlijk, want die man had nou ineens niet meer zo'n haast om die subsidie voor onze school in te trekken. Zijn die blauwe plekken en die hoofdpijn van ons toch nog ergens goed voor... Pa kan trots op ons zijn, dat mag-ie ook wel een keertje zeggen.

Flip

Wauw, volgens mij is dit de eerste keer dat pa onze humor kan waarderen. Ik hoorde zowaar een lach-achtig geluid uit zijn mond komen toen ik zei dat die donderstraal helemaal 'bedonderd' was en dat hij flink op zijn 'donder' moest krijgen. Ik wist niet wat me overkwam!

Tobias

Ja, dat was inderdaad een uniek moment. Even wennen zeg, ik ben gewend geraakt aan zijn kwaaie kop. Ben benieuwd wanneer hij weer in een strenge en saaie vader verandert.

Merk je trouwens hoe erg Lana haar best doet om het goed te maken met ons? Ze voelt zich super schuldig dat ze ons gewoon heeft laten liggen. En terecht! Ongelofelijk gewoon. Kijk, dat maakt nou het verschil tussen tweelingbroers en normale broers en zussen. Wij zouden dat nooit doen. Ik zou jou altijd komen redden.

Flip

Inderdaad. Voorlopig niet op dat geslijm reageren, bro! Laat haar eerst nog maar een tijdje drankjes en snoep en zo voor ons halen, en ons een beetje verzorgen. Net goed voor die trut; we bedenken nog wel een wraakactie om haar hiervoor te laten boeten.

Ze weet nog niet dat ze de hoofdrol gaat krijgen in onze super zombiefilm, daar heb ik nog wel een paar vet coole scènes voor in gedachten. Wordt vervolgd.

Tobias

Ze heeft een nieuwe tandenborstel, zag ik toevallig. Je weet wat je te doen staat, broer!

Flip

Vrijdag

Wat is Irmak cool, zeg! Ik vond het al leuk dat ze ons kwam opzoeken, met Luxor en Fay. Maar dat ze ons die webcam gaf, die ze toch eerlijk zelf gewonnen had met die weblog voor die zielige beestjes, dat had ik echt nooit verwacht. Je geeft toch niet zomaar een echte webcam weg! Echt, man, ik kon haar wel zoenen. (Maar dat deed ik natuurlijk niet, dat gaat te ver.)

Tobias

Eh, broertje... maar Irmak was er, geloof ik, niet zo blij mee dat je vroeg of ze soms naar een begrafenis moest, met die hoofddoek en die veel te grote jas van haar. Misschien was dat wel een beetje bot. Zeker omdat ze ons net een prachtige webcam had gegeven! Ik had je toch gezegd dat je geen grappen over haar hoofddoek moest maken. Wat zou jij vinden, als we je met je rotkop zouden feliciteren?

Flip

Dat was misschien niet zo handig, niet over nage-dacht. Maar hoe vond je het dat Lana beloofde ons voortaan altijd te geloven? Lijkt me niet verstandig! Want ze kan erop wachten tot we haar weer in de zeik nemen – los van de tandenborstelactie, bedoel ik.

Wel tof van pa dat hij taart had meegenomen, om de goede afloop te vieren. En dat hij ook taarten heeft gestuurd naar Jolé en Barry en zo die ons zo geholpen hebben. Zelfs ma vond dat, zo te zien, wel een goeie actie van hem. Misschien wordt het nog eens wat, bij ons thuis!

Tobias

Zeg Tobias, niet dat het me verder iets uitmaakt, maar dat was niet Lana's tandenborstel die je net in de plee hield. Dat was die van pa! Gru-we-lijk! Wat een wereldgrap. Die houden we erin!

Flip

Oeps... Ik dacht dat die paarse van haar was, echt een wijvenkleur. Wat moet pa daarmee? Ach ja, wat maakt het uit. Heeft hij eigenlijk wel verdiend nadat hij ons voor straf die muur liet verven, alleen maar omdat we de rampenoefening wat spannender maakten. En laten we het huisarrest tijdens het schoolfeest niet vergeten. Ha!

Tobias

Dat is echt weer wat voor jou, om bij een paarse tandenborstel meteen te denken dat het een wijvending is. Ik vind het ook een mooie kleur. Ben je bij dat ongeluk echt je verstand kwijtgeraakt?

Flip

Zondag

Was wel lekker, die paar dagen extra vrij. Des te meer zie ik er nu tegenop om weer naar school te gaan. Net met die repetitieweken! Ik weet zeker dat ik wiskunde helemaal ga verknallen. Dat gaat vet verkeerd lopen.

Flip

Hé sukkel, lees jij ons eigen heen-en-weerboek wel? Of zijn je hersentjes (of wat daar nog van over is – vast niet al te veel) te erg geklutst na ons ongeluk?

Daar hadden we het toch over gehad: de wisseltruc, weet je nog? Volgens mij moeten we het gewoon doen! Jij maakt mijn bio en ik jouw wiskunde. Halen we allebei een voldoende. Iedereen blij. En zolang jij een beetje op ons schrift past – waar ik me dus ernstig zorgen over maak – komt alles dik in orde.

Tobias

Oké broer, afgesproken. Niet vergeten om onze petten mee te nemen. Anders hebben ze meteen in de gaten dat we de boel aan het neppen zijn. Het valt natuurlijk meteen op als ik ineens jouw achterlijke kapsel heb. Maar die voldoende voor wiskunde kan ik best gebruiken!

En zit niet zo aan m'n kop te zeuren over dat schrift. Let zelf maar een beetje beter op. Wie raapte het schrift van de grond op, vanmorgen, toen jij het snel wilde verbergen omdat Lana eraan kwam? Je eigen bloedbroertje! Want het viel dus wel mooi náást je tas, Tobio. Vergeet dat niet. Af en toe denk ik dat je het beter meteen aan pa kunt geven, zo slordig ben je. Je weet het toch. Als hij dat schrift leest dan komen we nooit meer het huis uit. Ja, om naar school te gaan. Verder niks.

Flip

Maandag

Nou, dat was toch een makkie? Stom dat we dat niet eerder hebben gedaan! Ik was blij dat ik die bio niet hoefde te maken, want de vragen zagen er knap moeilijk uit. En wiskunde stelde niks voor. Ik had alle opgaven nog in m'n hoofd zitten toen ik ze voor de tweede keer ging maken voor jou. Heb bij m'n eigen repetitie expres een vette fout ingebouwd, zodat het niet opvalt dat we nu ineens allebei een goed cijfer gaan krijgen. Niemand had wat in de gaten.

Tobias

Niet te vroeg juichen, broer. Ik ben pas blij als we allebei ons geweldige cijfer binnen hebben. Als we hiermee door de mand vallen... Pa zal ons vermoorden!

Het was wel een goeie actie van ons, dat moet gezegd. Toen ik terugkwam na het omwisselen en op jouw plek ging zitten, moest ik even moeite doen om mijn lachen in te houden. Toen mevrouw Vaals mijn kant op keek, kreeg ik het wel even benauwd.

Stel dat ze het had gemerkt, of iemand uit onze klas. Na die actie met Damstra hebben ze ons nog gered, maar hier komen we niet mee weg. Gelukkig was iedereen te druk bezig met het proefwerk. Pfff!

Flip

Rustig, man, wat ben jij een watje af en toe. Soms verbaas ik me er echt over dat we een tweeling zijn. Je lijkt wel een wijf. Natuurlijk gaat het goed, bro, dit is de beste spiekmethode ever!

Tobias

Dinsdag

Yeah! Een vette acht voor wiskunde. Precies wat ik nodig had, nu sta ik ineens niet meer onvoldoende. En heb je gezien hoe blij pa en ma voor me waren. 'Zie je wel dat het helpt om hard te werken,' zeiden ze tegen me. En ik maar braaf knikken, natuurlijk. Ze moesten eens weten!

Flip

Ze komen niks te weten, als jij je tas maar elke keer mee naar boven neemt. De Van Hamel Brothers hebben het weer voor elkaar! Klasse, broer, ik zei het toch! En nog bedankt voor die mooie negen. Wel lekker om voor alle vakken voldoende te staan. Zo zie je maar hoe goed we elkaar aanvullen...

Tobias

Woensdag

Hé bro, dat is toch niet normaal, wat die stomme idiote Sander flikt! Totaal geen respect. Alleen maar omdat hij zo ongelofelijk groot is, durft hij ons te duwen en te schoppen. Wacht maar tot ik net zo groot ben als hij!

Tobias

Sommige mensen kunnen gewoon niet tegen een grapje, broer. Die Sander is echt een sukkel. En hij schijnt een beetje kwaad te zijn omdat wij zo'n mooie dubbeltruc met hem hadden uitgehaald op het schoolplein. Big deal! Dat doen we toch bij iedereen? En al die anderen gaan ons toch ook niet stompen en zo? Alleen omdat ze ons niet uit elkaar kunnen houden? Wat een zombie! Heb je z'n kop gezien, die hoeft niet eens een masker op.

Flip

Lana spoort af en toe echt niet. Stuurt ze Avalanche uit haar klas op die Sander af… midden in de kantine! Iedereen heeft het gezien, man. Nu lijken wij van die watjes die hun grote zus alles laten opknappen, ik schaamde me dood! Bovendien, voor hetzelfde geld had hij ons allemaal in elkaar geramd, we hebben geluk dat het goed is afgelopen.

Tobias

Nou zeg, ik vind het op zich wel tof van Lana. Ik bedoel, ook al durfde ze het dan niet zelf, ze kwam in elk geval voor ons op. Dat bedoelde ze – voor de verandering – eens een keer aardig. Oké, ik schrok ook wel even toen Avalanche midden in de kantine zo'n scène ging schoppen met die gast, maar ze heeft hem mooi voor gek gezet. Zijn wij mooi van 'm af!

Flip

O ja, bro, als er iemand naar vraagt, dan zijn we vanmiddag naar de ortho. Ik had helemaal geen zin in dat stomme middagprogramma, dus heb ik verzonnen dat we naar de beugeltandarts moeten. Je gaat toch wel mee, hè? Briefje is al gemaakt en keurig ingeleverd bij Aldert. Met een echte handtekening van pa (ik kan het weten, want ik heb hem zelf nagemaakt!). Je mag me bedanken voor een extra middagje vrij! Hebben we best verdiend, als kinderen van de conrector hebben we het al moeilijk genoeg...

Tobias

Een paar uur later

Helemaal als die conrector toevallig dat briefje van jou ziet liggen bij de conciërge, ja! Wat een stomme pech! En dan vindt hij ons natuurlijk net als we met die andere spijbelaars in dat hok van Luxor zitten. (wereldplek trouwens, zo helemaal boven in de school, goed van die gozer dat hij zo'n mooie plek heeft weten in te pikken!)

Ik vond het wel grappig dat jij nog probeerde het op hoofdpijn te gooien. Maar ja, daar trapt pa natuurlijk nooit in. Man, wat was hij kwaad! Volgens mij ontploft hij op een dag gewoon, zag je hoe rood zijn hoofd werd van ingehouden woede? Eng gewoon!

Wel lullig voor Luxor dat hij nou z'n mooie hok kwijt is. Terwijl Lana wel de ruimte krijgt om zo'n stomme crèche te beginnen voor de kinderen van leraren. En daar zitten eigenlijk alleen maar die twee kleuters van die lerares Duits van haar in! Belachelijk!

En wat een klotestraf heeft pa weer bedacht, zeg: elke dag een uur duurtraining in de gymzaal. Da's niet niks! Hij zit erop, straf geven. Die anderen hoefden alleen maar dat hok op te ruimen, echt totaal niet eerlijk.

Flip

Samen slaan we ons er wel doorheen, bro! Bloedbroertjes weet je nog. De Van Hamel-broeders tegen de rest van de wereld.

Tobias

Donderdag

Wat vind je nou van die actie? 'Een Daad voor een Daad', hoe verzinnen ze het? Klinkt een beetje als die padvinders van vroeger, waar pa het altijd over had. Elke dag een goede daad, daar maak je de wereld beter mee. Ja, pfff!

Een goede grap, dat is pas wat, dan krijg je de mensen aan het lachen. Dat is veel belangrijker. Weet je hoe goed lachen voor een mens is? Perfect tegen de stress, man! Heb je wel eens een gestreste komiek gezien? Nee toch?

Tobias

Ach, het is weer eens wat anders. En die stickers vind ik eigenlijk wel leuk. Kun je zien dat iedereen meedoet met het goede-daden-circus. Heeft toch wel wat positiefs, vind ik. Gewoon meedoen, dus.

Best vervelend, trouwens, dat pa nu zo op ons let. En dat hij zo achter ons aan zit om elke dag dat hele uur duurtraining te doen. Hoe verzint die man zoiets? Straks zijn we op sportdag allebei nog hartstikke goed, alleen omdat onze eigen vader ons nu zo aan het afbeulen is. Ik ben elke avond bekaf, man, door al dat rennen!

Flip

Vrijdag

Weet je wat me eigenlijk niet zo lekker zit, broer? Wat we gedaan hebben met die repetities. Ik bedoel, toen we het deden, stond ik er helemaal achter, hoor. Ben nog steeds blij dat ik dankzij jouw acht weer voldoende sta voor wiskunde, zonder dat iemand het heeft gemerkt, maar toch...

Het is gewoon niet eerlijk, snap je. Als ik een voldoende voor wiskunde wil halen, moet ik dat zelf doen, zo simpel is dat. Begrijp je wat ik wil zeggen? Kijk, wij kunnen zo'n stunt uithalen, omdat de mensen ons toch niet uit elkaar kunnen houden, als we een pet opzetten (of als ik m'n haar net zo stom zou laten knippen als dat van jou). Maar Fay of Luxor kunnen dat niet, want die hebben nu eenmaal geen tweelingbroer of -zus.

Het kan me eerlijk gezegd niet zoveel schelen dat we de school neppen, of pa, want dat zal me werkelijk worst wezen. En natuurlijk is 't erg handig dat we op deze manier goede cijfers kunnen halen zonder er veel voor te doen. Maar toch heb ik er last van. Omdat we oneerlijk gebruikmaken van het feit dat we een eeneiige tweeling zijn. Ik bedoel, op zo'n manier dat een ander uit onze klas het niet zou kunnen doen, weet je? Dat heeft iets onrechtvaardigs, vind ik. Als wij de boel neppen, zouden anderen dat ook moeten kunnen. Zoiets dus...

Flip

Huh, wat doe je nou moeilijk, man? Wij hebben gewoon geluk dat we met z'n tweeën zijn, pech voor de anderen! Die verzinnen zelf maar wat goeie spiekmethoden (maar natuurlijk niet zo goed als die van ons), want reken maar dat iedereen wel eens vals speelt.

Tobias

Luister nou even. Ik bedoel eigenlijk dat ik trots wil kunnen zijn op wat ik kan. Op wat ik helemaal zelf, zonder vals spelen heb bereikt. Dankzij jou sta ik nu wel weer even voldoende, maar ik snap nog steeds geen drol van wiskunde. Dus eigenlijk ben ik er niks mee opgeschoten. We kunnen moeilijk voor de rest van ons leven dingen voor elkaar opknappen.

Flip

Ik begrijp, geloof ik, wat je zegt, broertje. Ben het niet echt met je eens, maar er zit wel wat in. Moet ik in ieder geval even over nadenken.

Als je maar niet denkt dat ik je die negen voor bio ga teruggeven, hoor!

Heb jij trouwens zin in die sportdag? Ik heb het gevoel alsof ik de marathon kan gaan winnen, man! Wat heeft pa ons afgeknepen. Echt niet normaal!

Tobias

Heb jij gezien wat er met Lana is gebeurd? Haar naam was doorgekruist op de lijsten met de indeling voor de sportdag. En ik heb gehoord dat niemand bij haar in het team wilde zitten. Wat is er aan de hand? Weet jij daar iets van?

Flip

Nee, het klinkt bijna als een grap van ons. En dan een heel goeie. Maar ik heb echt geen idee waar ze dat aan te danken heeft. Het zal wel terecht zijn, want soms kan ze zo stom doen. Ik ben nog lang niet vergeten dat ze ons gewoon in de berm liet creperen.

Nou ja, morgen sportdag. Wil je wel geloven dat ik

er zelfs echt zin in heb? Nou ja, ook weer niet zo erg dat ik me vreselijk ga uitsloven, natuurlijk. Al voel ik me wel echt fit. Bijna een echte sportman (duh).

Tobias

Volgens mij zit Lana er nogal mee. Ze zei niks tijdens het eten en ging daarna meteen naar haar kamer. Toch wel een beetje zielig dat iedereen haar negeert. Ik bedoel, toen met Damstra was de hele klas ook tegen ons, maar wij staan nooit alleen. Wij hebben altijd elkaar, Lana is nu helemaal Remi, alleen op de wereld.

Flip

Daar heb je een punt, broer. Wij hebben echt geluk dat we altijd elkaar hebben. En dat gedoe met Lana waait vast wel weer over, joh. Ze moet Avalanche maar weer effe roepen.

Tobias

Maandag

Vandaag was het weer zo, iedereen deed onaardig tegen Lana. En ze werd zelfs uitgescholden toen ze aan het sporten was. Straks toch maar eens aan haar vragen hoe dat nou zit. Ze stuurde die Avalanche tenslotte ook op die stomme Sander af, toen hij zo achterlijk deed tegen ons.

Wel weer vet beroerd dat pa zo tegen ons tekeer ging. Terwijl we alleen maar even een beetje aan het chillen waren op dat grasveldje. Een mens mag af en toe toch wel een beetje uitrusten? Dat hadden we wel verdiend na die hele week duurtraining. Om ons dan meteen weer tig weekends huisarrest te geven, dat vind ik echt niet kunnen! Hij is echt belachelijk streng.

Flip

Zo, die Luxor! Om zomaar in een volle kantine te vertellen dat hij er de schuld van is dat Lana zo gepest werd (ik heb zelfs gehoord dat iemand tijdens sportdag keihard een bal tegen haar aan heeft gegooid). Niet te geloven, dat hij dacht dat Lana en wij door onze pa werden voorgetrokken! Door onze pa! Het is eerder andersom: wij krijgen veel meer op ons lazer dan alle anderen. Alsof het niet genoeg is dat onze vader de conrector is!

Maar toch wel lullig voor Lana. Ik had het helemaal niet gemerkt, man, dat iedereen dacht dat pa die herkansing Duits voor haar geregeld had. Gaat pa in de kantine ook nog eens de onvoldoendes van Lana laten zien, was ze lekker blij mee.

Nou ja, dat pesten houdt nu dan in ieder geval op. Wel mooi dat Irmak ook meteen haar excuses aanbood. Al heb ik helemaal nooit gezien dat zij Lana ook pestte, maar goed. Nu kwamen al die anderen zich in ieder geval ook verontschuldigen.

Tobias

Luxor kreeg natuurlijk op z'n lazer van pa, al had hij dat vast wel zien aankomen. Daarom vond ik het juist zo klasse van die jongen, hij had net zo goed zijn kop kunnen houden, dan had niemand er wat van gezegd. Maar nu heeft hij in één klap een einde gemaakt aan al dat valse geroddel. (Inderdaad niet te geloven dat ook maar iemand heeft kunnen denken dat WIJ werden voorgetrokken!)

Eigenlijk vind ik dat we iets terug moeten doen voor Luxor, voor deze toffe actie. En hij kreeg behoorlijk de volle laag van pa (wat kan hij tekeer gaan, man!). Al heeft Luxor nou wel z'n hok terug gekregen, begreep ik, omdat hij zo eerlijk was – vind ik best goed van pa, dat moet ik 'm nageven. Maar

wat denk je, zou hij het voor ons ook gedaan hebben? Vast niet.

Wat dacht je ervan om Luxor iets voor z'n hok te
geven? Ik heb geen idee wat, maar daar ben jij beter
in.

Flip

Oké, goed plan. Wat dacht je van een echt Perzisch
tapijtje? Ik heb er eentje zien liggen bij dat tweede-
handswinkeltje, vlak bij school. Zag er nog goed uit
en zelfs wij kunnen zoiets betalen. Daar heeft hij
wat aan, in dat kale hok van hem. Ziet het er meteen een stuk gezelliger uit. Zullen we het maar gewoon kopen?

Tobias

Een paar uur later

Was een goed idee, ik geloof dat hij er echt blij mee
was.

Heb je gehoord dat Lana een voldoende had voor
haar herkansing? Ik gun het haar ook wel, na al dat
gedoe. Maar zij bleef een beetje someren. En toen
ze in de gaten had dat er geroddeld werd over een
meisje uit de parallelklas, werd ze zelfs hartstikke

boos. Volgens haar hadden we allemaal niks geleerd van dat gepest en van wat Luxor daarover in de kantine zei.

Weet je, ik voelde me zelfs een beetje trots op haar, toen ze zo opvloog. Raar gevoel, zou ik normaal alleen bij jou hebben, en niet bij die heks.

Het was toch al zo'n rare dag. Bij die les van Damstra zat ik ook al behoorlijk te slikken, toen hij vertelde dat hij zelf vroeger zo gepest was. Geen idee dat je daar nog jaren later zo'n last van kan hebben. Dat wist ik echt niet!

Ook grappig dat we met die goede-dadenactie nog op de regionale tv gaan komen ook. Al hebben we er zelf natuurlijk niet veel aan gedaan. Maar het feit dat wij tweeën bestaan en goeie grappen uithalen vind ik eigenlijk op zich al een goede daad!

Flip

Supercool idee van de groep om een surprisefeestje voor Lana te geven in het hok van Luxor! Ze had werkelijk geen benul van wat haar overkwam. (Ze deed wel nogal wantrouwig toen we haar meelokten naar Luxors hok, vind je niet? Ze denkt echt altijd dat we een grap uithalen. Nou ja... daar heeft ze misschien ook wel een beetje gelijk in, want meestal is dat natuurlijk wel zo.) Fay en de anderen had-

74

den echt een goed feestje geregeld! En was nog wel een leuk feestje ook. Moeten we vaker doen!

Ik denk wel dat Lana weer klaar is voor een goeie grap van ons. Ze weet het zelf nog niet, maar ze komt natuurlijk wel in de hoofdrol van *Zombies op het Spanga*.

Als we die film ooit nog een keer gaan maken bro, want het schiet nog niet echt op. Het wordt tijd voor een vette scène met veel bloed, spinnen en een hoop gegil, wat denk je ervan. Zie je Lana al staan, tussen de spinnen en het bloed?

Tobias

Vrijdag

Die vette scène moet nog even wachten, broertje, want het gaat niet echt lekker tussen pa en ma. Volgens mij al de vierde avond deze week dat ze ruzie hebben. Niet te geloven. Het gaat maar door. Lana zegt dat ze bang is dat ze gaan scheiden. Wat denk jij?

Aan de ene kant ben ik daar niet eens echt op tegen. Misschien gaan ze dan allebei wat normaler doen. Ook tegen ons. Want van dat constante geruzie word ik echt helemaal gek. De sfeer in huis is al dagenlang niet te harden. Maar aan de andere kant zou ik het toch ook wel erg vinden. Ik vind het best rot om te weten dat ze niet gelukkig zijn. Bovendien, ik zou helemaal niet willen kiezen bij wie ik zou gaan wonen.

Zou dat bij andere mensen ook zo zijn, dat constante geruzie? Waarom zou iemand dan eigenlijk nog willen trouwen?

Flip

Ja, duh! Iedereen denkt natuurlijk dat zoiets niet gebeurt. Dat zij nooit ruzie zullen maken en zo.

Maar je hebt gelijk, het gaat echt niet goed met die twee. Van mij mogen ze scheiden, hoor! Dan hebben wij twee huizen met elk twee kamers en gaan we vast ook twee keer op vakantie. Zo gaat dat bij al die kinderen met gescheiden ouders. En aardig dat die ouders tegen de kinderen zijn, man! Alleen maar omdat ze bang zijn dat die kinderen anders liever bij de ander zijn. Er zitten best veel voordelen aan, bro!

Misschien ga ik vanavond wel als adviesbureau optreden. Luister ik naar wat ze te zeggen hebben, knik ik ernstig en dan zeg ik: 'Het lijkt me het beste als jullie zo snel mogelijk gaan scheiden, voor jullie zelf en de omgeving. Goed, dat is dan driehonderd euro voor dit advies, graag gedaan!' Dat is cashen, man! En dan zijn we meteen van dat eeuwige geruzie af.

Ik zou het wel weten...

Tobias

Daar zeg je wat, zo had ik het nog niet bekeken. Dubbel zakgeld, twee keer je verjaardag vieren en elk weekend iets leuks doen is natuurlijk mooi meegenomen! Zie jij het al gebeuren? Daar trapt pa mooi niet in, zelfs als ze zouden gaan scheiden. Maar ik heb eigenlijk liever dat ze gewoon weer normaal tegen elkaar doen, zoals vroeger. Hopelijk zijn ze zo meteen uitgeschreeuwd. Ik word er in elk geval niet echt blij van.

Maarre, als jij dan toch alles zo goed weet, wat dacht je dan van het Freakfeest waar we nu op school mee aan de slag moeten? Beetje een raar thema, wat moeten we daar nou weer mee? Het lijkt me op zich wel leuk om ons raar te verkleden, kunnen we weer leuke grappen uithalen en mensen laten schrikken. En ik ben natuurlijk altijd in voor een feestje. Heb jij er toevallig al een idee over?

Flip

Dat spreekt toch vanzelf, Flippo? Zo'n feest organiseren ze alleen maar omdat er meer dan genoeg freaks op onze school zitten. En op de andere scholen al helemaal, natuurlijk. Die moeten natuurlijk ook hun eigen feestje hebben, toch? Lijkt mij geen probleem, we doen gewoon mee. Lijkt me best geinig.

Alleen dat voorbereiden. En dan nog zelf kleren maken! Beuh... Goed dat er freaks als Fay in onze klas zitten, die vinden dat leuk. Niet te filmen, zeg. Volgens mij zijn het ook altijd Fay-achtige types die zoiets verzinnen. Ik kan me niet voorstellen dat een normaal mens met zulke ideeën komt.

Nou, ze doen hun best maar, ik kom wel op dat feestje. En ik wil ook nog wel net doen alsof ik erg enthousiast ben over die kleren. (wie is er nou ooit enthousiast over kleren?) Maar ik ga liever als zombie.

Tobias

Niet zo flauw, broer. Heb je niet gezien hoe druk Fay is met die kleren? En omdat ze niet genoeg materiaal heeft, is ze nu aan de gang gegaan met kleren van papier en karton. Toch wel knap hoe ze dat soort dingen altijd weer verzint. Wat zij doet met die kleren, dat wil ik met film kunnen. Voorlopig schieten wij nog niet zo erg op met die film. Kan ik best jaloers op zijn, als iemand iets echt goed kan. Ik heb zelf eigenlijk niet zoveel waarin ik beter ben dan andere mensen, volgens mij.

Flip

Jawel hoor, bro: jij kunt vreselijk goed zeuren. Op het WK Langeafstandzeuren zou je geen gek figuur slaan. 'Ik vind het toch wel knap hoe ze dat soort dingen altijd weer verzint'... hoe krijg je het op papier? Zoiets meen je toch niet, hoop ik? Straks ga je me nog vertellen dat je geïnteresseerd bent in mode. Maar dan wil ik een eigen kamer, hoor je!

Irmak vertelde trouwens dat er wat gasten van een van die andere scholen langs waren gekomen, die zeiden dat ze makkelijk van ons gingen winnen bij het Freakfeest. Kijk, dat is andere koek, daar laten we ze natuurlijk niet mee weg komen, hè! Schijt aan al dat modegedoe, maar nu wil Tobias van Hamel winnen! We pakken ze! Spangalis rules!

Tobias

Wat was de prijs ook weer die we kunnen winnen met dat Freakfeest? Een schminkdoos toch, of zo? Nou, die hoef ik niet te winnen, hoor. Je doet je best maar.

Het zal trouwens best moeilijk worden om te winnen. Zeker na vanmiddag. Wat stom zeg, van die Fay en Irmak, om een beetje te gaan lopen showen met die papieren kostuums. Buiten op het schoolplein. Terwijl het gaat regenen. Echt een domme actie. Heb je gezien wat een zootje het was! Het zag er zo belachelijk uit, het had wel een grap van ons kunnen zijn. Maar zag je hoe ontzettend kwaad Fay was... ben blij dat wij het niet verzonnen hebben.

Flip

Ja, ik vond het ook vrij grappig. Maar heb je gezien hoe Luxor stond te kijken naar dat blonde meisje? Karlijn heet ze, geloof ik. Die jongen was meteen weer smoorverliefd. Daar is werkelijk niet veel voor nodig, zeg! Als een meisje niet echt lelijk is, begint het bij hem meteen al te kriebelen.

Tobias

Zondag

Weet je, bro, ik heb nog eens nagedacht over wat je pas schreef. Over die repetities wiskunde en bio. En hoe we dat gedaan hebben.

Kijk, jou en mij, daar komt nooit iemand tussen. Wij zijn al langer bij elkaar dan we ons kunnen herinneren. Dat kwartiertje haal je nooit meer in, maar verder zijn we altijd even oud. Dat is bijzonder, dat is tweeling, een ander woord is er niet. Als jij ziek bent, voel ik me ook niet lekker. Als jij iemand niet mag, of juist heel erg, dan hoef je dat tegen mij niet te zeggen, zoiets wéét ik gewoon. En andersom is dat ook zo, dat weet ik natuurlijk.

Anderen kunnen niet wat wij samen kunnen. Als we allebei een pet op zetten – zodat de mensen jouw belachelijke haar niet zien – kan niemand ons uit elkaar houden. Daarom zijn we ook zo goed in wisseltrucs en zo. Dat vind ik zelf geweldig, het zijn bijna altijd beregoeie grappen. En soms is het ook hartstikke handig.

Begrijp me alsjeblieft niet verkeerd, maar soms vind ik het ook wel eens lastig dat jij m'n tweelingbroer bent. Dat ik sowieso een tweelingbroer héb, bedoel ik. Ik ben er al helemaal aan gewend geraakt dat mensen ons altijd door elkaar halen. Als ze Flip tegen me zeggen, vind ik dat allang niet meer raar. Als tweelingbroers deel je gewoon alles. Soms zelfs elkaars naam.

En dat is toch precies waar ik wel eens last van heb, snap je. Niet omdat ik mijn naam niet met jou wil delen of het vervelend vind dat ze ons door elkaar halen. Maar omdat ik zelf ook iemand ben. Niet alleen een halve tweeling. Het lijkt af en toe wel of mensen de moeite niet eens willen nemen om te kijken wie ik ben: voor hen ben ik simpelweg een van de Van Hamel-tweeling. Punt.

Ik wil je niet kwijt hoor! Echt niet! Ik zou me geen raad weten als jij niet mijn tweelingbroer was. Ik heb je nodig en ik vind het geweldig dat ik er zeker van kan zijn dat jij er altijd bent. Dat je net zo denkt als ik, dat je begrijpt wat ik bedoel, dat het altijd is: jij en ik tegen de rest van de wereld. Dat is echt geweldig, zoiets hebben andere mensen niet. En dat zullen ze ook nooit begrijpen. Alleen andere tweelingen, misschien. Als ze eeneiig zijn, tenminste.

Maar over wat jij schreef: ik geloof dat ik ook wel snap wat jij ermee bedoelt als je zegt dat het oneerlijk was wat wij gedaan hebben. Omdat anderen dat niet kunnen. Oké, dan is dat maar zo. Wij konden die cijfers goed gebruiken. En we hadden een manier om dat te doen. Zelf vind ik dat niet eens oneerlijk. Wij tweeën hebben gewoon een goed cijfer voor biologie en een goed cijfer voor wiskunde gehaald. Samen. En we hebben ze eerlijk gedeeld. Ook samen. Daar heb ik verder niet echt moeite mee, hoor! Anderen zijn maar alleen, dus moeten ze het ook alleen opknappen. En de meeste anderen hebben bovendien geen vader die ze zo op hun nek zit

als de onze. Die ook nog eens de conrector van onze school is! Beuh…

Tobias

Goh, zulke dingen zeg je niet vaak, broer. Ik wist niet dat je over zulke dingen nadacht. (of eigenlijk dat je daar genoeg hersenen voor had!) Toch vind ik dat een beetje makkelijk, broer. Omdat wij nu eenmaal met z'n tweeën zijn, mogen we daar best gebruik van maken, zeg je eigenlijk. Vind ik dus niet. Ik vind het ook geweldig dat wij een tweeling zijn, dat we elkaar zo goed aanvoelen en dat we elkaars beste vriend zijn. Met niemand anders zou ik onze Bloedbroertjessite samen willen maken.

En ik geloof ook dat we elkaar aanvullen. Jij bent beter in sommige dingen, zoals wiskunde. Ik weer in andere dingen, zoals biologie. (En mijn haar zit beter, natuurlijk.) Dan kun jij wel zeggen dat we daar op allerlei manieren gebruik van mogen maken, maar dat vind ik toch niet. Voor alles heb je goede en verkeerde manieren.

Met die repetities hebben we een verkeerde manier gekozen. Weet je nog wel, toen pa vertelde over die leerling die gespiekt had bij zijn eindexamen? Hij noemde dat toen fraude. De school heeft die jongen een heleboel ellende bezorgd. Het gaat er

83

niet om dat ik bang ben dat ze bij ons ook zoiets zullen doen. Maar we weten zelf dat het niet goed was. En echt, dat zit me niet lekker.

Samen hebben we voldoendes gehaald voor wiskunde en bio, zeg jij. Maar eigenlijk heb ik twee voldoendes gehaald voor bio en jij twee voor wisknudde. En niks eerlijk delen, dat hebben we gewoon op een heel oneerlijke manier gedaan. Ja, ik weet best dat pa het ons niet makkelijk maakt en dat er aan ons waarschijnlijk hogere eisen gesteld worden dan aan anderen. Maar dan nog...

Flip

Hm. Misschien heb je wel gelijk. Al ben ik het nog steeds niet helemaal met je eens.

Maar wat stel je voor? Ik ga echt dat cijfer niet aan je teruggeven, hoor! En ik ga nevernooitniet aan pa vertellen wat we hebben gedaan. Want dan hebben we huisarrest tot in het volgende millennium!

Tobias

Nee, dat wil ik ook niet. Dat zou nergens op slaan.

Ik heb erover gedacht dat we die goede cijfers misschien weer ongedaan zouden kunnen maken. Door precies het omgekeerde te doen van wat we eerst hebben gedaan: ik doe twee keer wiskunde en jij twee keer bio. Dan komen we vanzelf weer uit op ons eigen gemiddelde. Maar ja, dan moeten we ineens gaan uitleggen hoe het komt dat we allebei een onvoldoende hebben gescoord bij vakken waar we normaal altijd goed in zijn... En staan we ineens weer dik onvoldoende. Daar heb ik ook geen zin in.

Dus lijkt het me het beste als we elkaar op een andere manier gaan aanvullen. Jij begrijpt die stomme wiskunde toch? Nou, leg mij dan maar eens precies uit hoe het allemaal in elkaar zit! Dan word jij dus mijn privé-leraar wiskunde. En dan spijker ik jou gewoon bij met biologie (want zo moeilijk is dat niet, ik begrijp echt niet hoe je daar zulke slechte cijfers voor kunt halen).

Flip

Biologie is braken. Wiskunde is juist makkelijk! Gewoon je hoofd gebruiken, bro! Dat leer ik je wel. Kwestie van logisch doordenken, daar valt weinig aan te snappen.

Ik vond onze wisselmanier leuker (en makkelijker), maar als je er echt zo mee zit, doen we het niet meer. En op zich vind ik het wel een goede oplossing van je. Lijkt me wel handig om dat stomme bio ook zelf te snappen. Laten we er meteen vandaag maar mee beginnen.

Op één voorwaarde! Dat pa en ma er niks van merken. En die heks van een Lana ook niet (want die klikt dat zo door, als ze erachter komt). Dit is iets van ons en daar hoeft niemand anders iets van te weten. Oké? Alleen in het schrift.

Tobias

Oké. Tuurlijk. Blij dat je het er mee eens bent, want ik kreeg er echt last van. Bereid je maar vast voor op het Grote Inzicht in de Edele Biologie! Dan mag je mij proberen uit te leggen wat er nou zo logisch is aan wiskunde.

Heb je trouwens gezien wat Fay en Irmak een goeie kleren hebben gemaakt voor dat feest? En ik dacht dat ze niet genoeg materiaal had! Daar klaagde ze over. Maar met deze kleren – lekker gescheurd en zo, dat combineert mooi met dik aangezette make-up – hebben we misschien zelfs een kansje om het Freakfeest nog te winnen. Moeten we Fay misschien toch vragen om de kostuums voor onze films te gaan maken? Ben benieuwd.

Flip

Ik doe dat dus echt niet aan! Denk je dat ik in die klederdracht ga lopen? Dan loop je voor lul, man.

Tobias

Wacht maar. Jij wil toch ook winnen?

Flip

Dinsdag

Nou, daar had je dus gelijk in. Gefeliciteerd, hoor. Hebben we als school een schminkdoos gewonnen... Hopelijk is-ie niet opgedroogd voordat het carnaval is. Wat een flutprijs!

Maar ik moet toegeven dat het altijd leuk is om te winnen. En we zagen er natuurlijk véél beter uit dan die lui van die andere scholen. Dankzij Fay. Verder ook wel een leuk feest. Al maakte pa er natuurlijk weer veel te vroeg een eind aan. Af en toe denk ik wel eens dat ik zelfs daaraan begin te wennen...

Tobias

Moet pa nou altijd zo'n chagrijn zijn? En ma is al niet veel beter, de laatste tijd. Wat heeft het nou voor zin om zo'n scène te schoppen omdat hij zijn sokken niet in de wasmand gooit. Toen wilde ik het doen, maar dat mocht ook weer niet, hij moest zelf zijn rotzooi achter zijn kont opruimen. Nou, dan weet je het wel weer voor de rest van de dag, gezellig!

Waar ik ook helemaal geen zin in heb, is die Nicaragua-actie op school. Die kinderen daar hebben geen schoolspullen, en daarom moeten wij weer actie gaan voeren voor geld. Als ze maar niet denken dat ik met een collectebus door de stad ga lopen of zo. Dan loop je voor aap. Net als toen we die collecte voor die berggorilla's hadden. En hoe die mensen toen tegen ons deden. Dat doe ik nooit meer, broer! Dan geef ik nog liever zelf wat van m'n zakgeld. Ze kunnen beter een voorbeeld aan ons nemen. Eén goeie grap per week en we kunnen er weer tegen.

Flip

Maak je geen zorgen, we hoeven waarschijnlijk niet de straat op. Eindelijk een goeie actie van die Fay, met dat kledinggedoe. Ik weet niet hoe ze het voor elkaar krijgt, maar het lijkt erop dat ze echt nieuwe kleren gaat maken voor leraren. En dat er dan een soort modeshow komt. Benieuwd of ze ook iets voor pa maakt. Liefst een pak met bloemetjes of zo, dat lijkt me lachen!

Maar je hebt wel gelijk over pa en ma. Hier word je echt niet vrolijk van. Tjonge, als getrouwde mensen zo met elkaar omgaan, hoef ik later nooit te trouwen, zeg! Het lijkt wel of ze zich alleen maar aan elkaar ergeren. Ik word ziek van al dat geruzie. Zullen we vragen of ze een keer hun kop kunnen houden? Lekker rustig!

Tobias

Wel maf, inderdaad, dat Fay en Irmak zoiets echt voor elkaar hebben gekregen. Als iemand me een week geleden had verteld dat we binnenkort een *make-over* van leraren zouden krijgen, had ik hem acuut voor gek verklaard. Maar nu krijgen we volgende week inderdaad zoiets. Best leuk bedacht, vind ik. En niet te geloven dat er zo veel leraren meedoen. Nou ja, als wij niet hoeven te collecteren, vind ik alles best.

Weet je wie helemaal stressy aan het worden is van dat constante geruzie van pa en ma? Lana. Ze wordt een totale stresskip, man! Ze probeert zelfs met die twee te praten. Alsof ze daarop zitten te wachten! Ik denk niet dat het iets uithaalt...

Flip

Serieus, als het zo doorgaat heb ik echt liever dat ze gaan scheiden. Wat 'n sfeertje, niet te genieten. Als er thuis alleen nog maar ruzie is, kun je beter uit elkaar gaan, voor iedereen een stuk gezelliger. Ze moeten gewoon lekker scheiden en op tien minuten van elkaar gaan wonen, dat is ideaal. Kunnen wij op de fiets van de een naar de ander. En dan is alles veel beter geregeld.

Tobias

Ja, net zoals bij Theo en Iris en hun ouders. En bij Henri. En al die andere kinderen met gescheiden ouders. Die gaan ieder tweede weekend naar hun vader. En die gaat dan met ze naar een pretpark of doet allerlei andere leuke dingen voor ze. Dat lijkt me ook wel wat.

Vergeet je trouwens niet om je biologiehoofdstuk door te werken? Ik wil het je best uitleggen, maar bij mij hoef je niet met van die rotsmoesjes aan te komen als op school! Gewoon je werk doen. Ik maak de wiskundeopgaven die je me hebt opgegeven toch ook?

Flip

Ja ja, papa, komt wel goed. Ik doe het heus wel.

Ik ga trouwens wel even bij die make-overs kijken,

hoor. Ben toch wel benieuwd hoe die kleren voor de leraren geworden zijn. Want nu kunnen ze natuurlijk niet meer terug. Ook al heeft Fay misschien wel kleren voor ze gemaakt waar ze helemaal niet in rond willen lopen. Ik zie pa al in een clownspak of zo. Denk niet dat hij erom zal kunnen lachen...

Tobias

Nou, dat was best goed, toch? Stond pa helemaal niet slecht, dat pak. Vooral die stropdas vond ik wijs! Hij was in ieder geval best vrolijk (al schaamde ik me wel dood toen hij ging meezingen en dansen op dat podium, dat zag er dus echt niet uit), want hij was voortdurend grappen aan het maken tegen die wiskundejuf, Vaals. Die zag er trouwens supergoed uit dankzij Fay. Heel wat beter dan ze er normaal uitziet. Zo zie je maar dat zelfs een wiskundelerares leuk gekleed kan zijn.

En wat is Lana chagrijnig, zeg! Zeker ongesteld. Ik maakte een onschuldig grapje tegen haar – niks hatelijks, deze keer – en ze snauwde me meteen af. Ik heb echt zin om die spinnenactie in haar bed nog een keertje te doen, misschien met een kikker of een dooie rat deze keer. Al zal het niet meevallen om dat voor elkaar te krijgen, want ze sluit zich steeds vaker op in haar kamer. Wat zou er aan de hand zijn? Soms zou ik willen dat we beter met Lana overweg konden.

Flip

Donderdag

Lekker, is-ie weer! Heeft pa ons ingeschreven voor die stomme sponsorloop. En denk maar niet dat hij ons van de lijst haalt. Allemaal voor Nicaragua, zegt hij dan. In dat maffe pak van hem, met die hoed erbij. (Hoe heeft Fay het voor elkaar gekregen dat die leraren allemaal een hele week in haar kleren blijven rondlopen? Ongelofelijk!) Volgens mij reageert hij het alleen maar op ons af dat ma hem vanochtend zo zat af te zeiken.

Nou ja, een beetje gelijk had ze natuurlijk wel, want hij verstopt zich bij het ontbijt inderdaad altijd achter de krant. En dan is het inderdaad zo dat we net zo goed met een etalagepop aan tafel zouden kunnen zitten. Maar de manier waarop ze het zei, was wel erg hatelijk. Deze keer kon ik Lana geen ongelijk geven, dat ze wegliep terwijl ze niet klaar was met eten en keihard met de deur smeet.

Het enige leuke aan die hele sponsoractie vond ik trouwens die snelheidswedstrijd op het schoolplein. Lekker racen met m'n skateboard. En Luxor natuurlijk weer op die überstoere fiets van hem. Kon je op wachten, dat hij weer onderuit ging. Die gozer kan echt niet fietsen! En toen Irmak hem overeind hielp, keek hij haar meteen aan met van die koeienogen. Vast weer verliefd.

Tobias

Zag je hoe trots Fay was, toen pa bekend maakte wat een bak geld ze had opgehaald met die modeshow van haar? Nog meer dan met alle andere acties bij elkaar (terwijl ik me toch helemaal rot gelopen heb voor die sponsorloop, dat doe ik dus ook nooit meer!). Dat heeft ze toch mooi voor elkaar met dat modegedoe, hoor, dat vind ik dan wel weer goed van haar.

Pa heeft dat rare pak inmiddels gelukkig weer uitgetrokken. Zoals alle andere leraren ook weer in hun gewone kleren lopen. Alleen mevrouw Vaals nog niet. Maar ja, je kunt haar moeilijk ongelijk geven, want zo ziet ze er veel leuker uit dan in die saaie spullen die ze normaal aantrekt.

Lana zegt trouwens dat pa een oogje heeft op dat mens. Lijkt me sterk. Toch? Toch?

Flip

Ik weet het niet, broer. Echt niet. Je kunt het pa moeilijk kwalijk nemen dat hij ma niet meer ziet zitten, want die kat hem tegenwoordig alleen nog maar af. Meteen als hij thuiskomt, begint het geruzie weer. Van 's ochtends vroeg tot 's avonds laat, ik begrijp gewoon niet dat die twee het volhouden. Logisch dat ze stapelgek worden van elkaar.

En die Vaals is natuurlijk best een leuke vrouw. In ieder geval zeurt ze niet zoals ma dat tegenwoordig steeds doet. Misschien moet ma ook nieuwe kleren. Kunnen we Fay op afsturen. Of het wordt voor ons binnenkort weekendjes naar pa, dubbele vakanties en kamers in twee verschillende huizen!

Tobias

Dat vrees ik ook, ja. Scheiden is echt niet zo leuk als jij nu zegt, dat weet ik zeker. Je denkt toch niet echt dat pa ons dan ineens gaat vertroetelen? Volgens mij blijft hij voor altijd superstreng, of ze nou scheiden of niet. En stel je voor dat hij dan gaat hertrouwen met die troela van een Vaals. Zitten we thuis met twee leraren van onze school opgescheept, mooi niet!

Ik vond het trouwens niet echt aardig van je dat je meteen aan ma ging vertellen dat pa verliefd is op die Vaals. Dat maakt het er allemaal niet gezelliger op. Hoorde je haar schreeuwen, toen hij gisteravond laat thuiskwam van die lerarenvergadering? Het hield niet meer op. En dan steeds dat gebrom van hem er tussendoor. Oergezellig! Ik kan haast niet wachten om weer naar huis te gaan...

Flip

Woensdag

Door dat achterlijke geruzie van pa en ma heb ik superlang wakker gelegen vannacht. Echt balen zeg. Zit ik straks met enorme wallen op school. En zo te zien heb jij ook niet al te best geslapen, om over Lana maar te zwijgen. Die zat ook weer enorm te chagrijnen aan het ontbijt, zeg.

Tobias

Zeg dat wel. Pa kan wel vinden dat wij op school het goede voorbeeld moeten geven, ondertussen houdt hij ons door dat gemekker tot diep in de nacht wakker. Zitten we vervolgens de hele dag te gapen, vinden leraren altijd heel leuk. Niet dus! Meestal zijn ze dan vet beledigd, omdat ze denken dat we hun lessen niet interessant genoeg vinden. (Wat meestal ook zo is, natuurlijk.)

Flip

Dat brengt me op een idee, bro! Het zou ons allemaal goed doen om eens een ochtend uit te kunnen slapen, denk je ook niet? Daar wordt iedereen vast een stuk vrolijker van. Misschien moeten we de wekker van pa en ma verzetten, op halfelf of zo!

Tobias

Goed plan, maar het kan nog beter. Als we alleen hún wekker verzetten, worden ze woest dat wij ze niet gewekt hebben. Of nog erger, dan verdenken ze ons meteen! Ik heb een beter idee: laten we de stop van de bovenverdieping eruit trekken. Dan valt boven alle elektriciteit uit, dus ook alle wekkers. Kunnen ze ons nooit de schuld geven, en hebben wij ook de eerste paar uur vrij, ha!

Flip

Geniaal, broer. Wij zijn echt een geweldig team samen. Ik heb het plan bedacht, dus jij moet het uit-

voeren. Als iedereen naar bed is, sluip jij naar beneden met de zaklamp en trek je die stop eruit. Deal?

Tobias

Best, maar dan moet jij op wacht staan, voor het geval er iemand wakker wordt. Anders ben ik er straks
bij en kom jij er zonder kleerscheuren vanaf. Daar
trap ik dus mooi niet in.

Flip

Een paar uur later

Wat gaan die mensen laat naar bed. Geen wonder
dat ze elke dag zo chagrijnig zijn! Maar de kust is
veilig, bro. Ze zijn al een halfuur onder zeil, nu kan
het wel. Vergeet de zaklamp niet.

Tobias

Gelukt! Wel balen dat die zaklamp er opeens mee
ophield. Je had er wel eens nieuwe batterijen in
mogen doen, slome! Lana liet me wel schrikken op
de overloop zeg, toen ze opeens uit haar kamer
kwam om naar de plee te gaan. Ze leek wel een
spook, met d'r haar alle kanten op, haha. Dát had-

97

den we moeten filmen! Gelukkig kon ik nog net op tijd wegduiken, anders was ons plan mooi mislukt.

Flip

Goed gedaan, bro, onze wekker doet het in elk geval niet meer. Zullen we nog effe een filmpje kijken op onze draagbare dvd-speler? Die doet 't in elk geval. Ik heb vanmiddag vast een zak chips en cola mee naar boven genomen. Morgen lekker uitslapen én maar een half dagje school. Dat moeten we vieren!

Tobias

Donderdag

Geweldig plan, maar niet heus. Ik voel me net een zombie, man, ik kan zo in de hoofdrol van onze film. Hoe kan het toch dat pa ons vanmorgen om half-acht uit bed kwam schudden? Ik snap er niks van! Dankzij dat filmpje van jou heb ik nu maar een paar uur geslapen, je wordt hartelijk bedankt!

Flip

Hoe kon ik nou weten dat die man een innerlijke klok heeft en elke dag uit zichzelf om zeven uur opstaat? Toen hij wakker werd en op de wekker keek, zag hij dat de stroom was uitgevallen. Is-ie meteen opgestaan om op z'n horloge te kijken. En hij heeft er gelijk een nieuwe stop in gedraaid. Ah, ik ben moeoeoeoe, ik ga vanavond vroeg naar bed, dat staat vast...

Tobias

Effe per sms. Waar is ons heen-en-weerboek? Het lag niet in mijn kluisje. Zeg alsjeblieft dat jij hem hebt. Flip

Niet dus. Geen idee waar 't gebleven is... Heb je het niet gewoon thuis laten liggen? Tobias

Nee, ik weet zeker dat JIJ hem vanmorgen in je tas hebt gestopt, dat heb ik zelf gezien.

O, shit, inderdaad. Was ik even vergeten. Ik ga NU tussen mijn spullen zoeken!

Als we hem kwijt zijn, hebben we een groot probleem, broer. Een Heel Groot Probleem. Weet je wel hoeveel bewijsmateriaal in ons schrift staat?! Als pa of Lana dát te pakken krijgt dan hebben huisarrest voor de rest van ons leven.

Sorry, bro, ik heb geen idee waar ons schrift is gebleven. Ik heb dus maar even een nieuw schrift gepakt. Geen zorgen, we vinden het wel weer. Dat ding ligt vast gewoon tussen de zooi op onze kamer, zo'n bende als het nu is, is het lang niet geweest! We kunnen beter even goed opruimen. Ma ook weer blij (als dat nog lukt).

Tobias

Dikke ellende. Ik heb je nog zo gewaarschuwd. We zijn de hele middag bezig geweest om die troep op te ruimen, maar ons schrift is nergens te bekennen. Zou Lana het misschien hebben? Ze kwam zo pesterig in de deuropening staan kijken toen we aan het opruimen waren. Ze zei dat ze dat nogal verdacht vond, dat we zo actief opruimden zonder dat we straf hebben. (En toegegeven, dat is waar natuurlijk, want sinds wanneer ruimen wij voor onze lol op?) Ze kent ons. Ze weet dat er iets aan de hand is. Zag je hoe raar ze de hele tijd keek tijdens het avondeten? Of verbeeld ik me dat maar?

Flip

Zou goed kunnen dat Lana 't heeft. Maar aan de andere kant: als ze ons schrift echt had, zou ze dan niet allang wraak hebben genomen vanwege die tandenborstelactie? Of zou ze eerst een ultiem wraakplan uitdenken? Misschien heeft ze het ook al aan pa laten lezen... Slik! *We are dead, man!*

Tobias

Ik weet het niet. Maar laten we voor de zekerheid maar nieuwe tandenborstels kopen...

Flip

Maandag

Hé bro, ik denk dat Lana ons schrift toch echt niet heeft. Zó goed kan ze nou ook weer niet acteren. Om over pa en ma maar te zwijgen. Geloof me, als ze het wisten, hadden ze dat allang laten blijken. Als ze al op de ultieme straf broeden, zouden we dat absoluut aan ze gemerkt hebben. Er zou bijvoorbeeld stoom uit pa's oren komen, al was het maar om zijn tandenborstel, dat telefoontje naar Damstra of onze bio- en wiskundefraude. (Laat staan alles wat we over hem hebben gezegd!) Geloof me, bro, ze weten van niks!

Tobias

Daar heb je een punt. Wij zijn tenslotte de enige Van Hamels die een groot acteertalent bezitten. Maar toch zit het me absoluut niet lekker. Dit is gewoon de stilte voor de storm. Want als zij het niet hebben, wie dan wel?

Flip

Niet meteen gaan flippen, broer. (Haha, wat een leuke woordspeling, al zeg ik het zelf.) Misschien hebben we niet goed gekeken, ligt het toch tussen onze eigen schoolspullen. En zet dat kluisje van je ook maar eens op z'n kop. Dat ik daar niet eerder aan heb gedacht! Ons schrift ligt daar vast gewoon tussen, hebben we ons al die tijd zorgen gemaakt om niks.

Tobias

Soms ben je echt een slomias, Tobias. Natuurlijk weet ik zeker dat het niet in mijn kluisje ligt. Ik ben niet achterlijk! JIJ hebt 'm het laatst gehad. Laat die zogenaamde hersens van je eens kraken en bedenk eens wanneer je 'm het laatst hebt gezien! Ik vind dit absoluut niet grappig.

Voor altijd samen, hè. Je hebt me mooi laten zakken. Straks draai ik op voor al die zogenaamde grappen van jou.

Flip

Dinsdag

Rustig, man. Ik zal mijn kluisje vandaag ook nog eens doorspitten, misschien heb ik er eerder overheen gekeken. Natuurlijk is het niet cool als ons schrift in de verkeerde handen valt. Maar tot nog toe is er niks aan de hand, dat is een goed teken, toch?

Trouwens, echt schrikken zeg, dat Lana beweert dat Vaals en pa elkaar aan het kussen waren. Op school! En nou gaat ze dat straks aan ma vertellen. Ik geloof er niks van, maar daar moeten we bij zijn, bro! Dan gaat het gebeuren. Krijgt pa eindelijk een keer de volle laag. Ik zeg: tien jaar huisarrest, en twee marathons plus een sponsorloop voor ons.

Tobias

Gelukkig zijn we vanmiddag eerder uit dan Lana, kunnen we voor de zekerheid in haar kamer kijken of ons schrift daar toch niet ligt. Maar denk je dat Lana het echt gaat vertellen? Dat wordt scheiden dan. Leuk is anders.

Denk je dat ze gelijk heeft? Lana, bedoel ik. Dat pa echt met dat mens heeft staan zoenen? Ik kan me niet voorstellen dat iemand dat wil met hem, maar ja, onze ma is ook ooit voor hem gevallen... Zou pa vroeger net zo knap als wij geweest zijn? Nou ja, net zo knap als ik dan. Kan me niet voorstellen.

Flip

Ik dacht echt dat het vechten zou worden, maar ze deden alleen maar heel ijzig tegen elkaar. Wel raar dat Lana zo over de rooie ging. Alsof ze het niet kon hebben dat pa ontkende iets met dat Vaals-mens te hebben. Maar eerlijk gezegd was pa volgens mij echt verbaasd toen ma zei dat hij een ander had. Hij keek haar aan alsof ze gek geworden was. Wat natuurlijk wel zo is, maar dat staat erbuiten.

Ik weet het niet, broertje, wat ik ervan moet denken. Hoe vind jij het dat pa nu in de logeerkamer slaapt? Op de een of andere manier vind ik dat niet tof. Echt, ik had nog liever dat ze zo met elkaar ruzieden dan dat ze elkaar nu zo negeren. Dat is gewoon eng.

Tobias

Ja, nu is het wel heel stil in huis. Ze kijken elkaar niet meer aan en ze praten niet met elkaar. Daar wordt het niet gezelliger van. En Lana heeft zich nu helemaal in haar kamer opgesloten. (Echt balen dat ons schrift daar niet lag trouwens.) Zou iemand het eigenlijk wel in de gaten hebben als wij nu gewoon stiekem zouden verhuizen? Ik word er niet vrolijk van, broer. Je hebt bij nader inzien misschien wel gelijk dat scheiden uiteindelijk beter is. Slechter dan het nu is kan het moeilijk worden.

Flip

Donderdag

Snap jij dat nou? Gaat die Vaals ineens weg. Gewoon helemaal weg. Om op een school in Nicaragua te werken. Die is lekker!

Had je moeten zien hoe blij Lana was. Die denkt

echt nog steeds dat pa iets met dat mens heeft. En jij? Pa met iemand anders, dat kán toch niet. Ik weet het niet. Echt niet. Nou ja, opgeruimd staat netjes. Zijn we daar in elk geval vanaf.

Tobias

Hé slimmerik, heb je er wel bij stilgestaan dat ze misschien wel weggaat om pa? En vanwege het gezeik dat pa en ma hebben om haar. Ik zou ook echt niet weten of die twee wat hebben. Maar ma zal wel blij zijn dat die Tineke-Pieneke Vaals nu weggaat. Al is daar voorlopig nog weinig van te merken, want die twee zeggen nog altijd geen stom woord tegen elkaar. Hopelijk gaan ze zich snel weer als volwassenen gedragen.

Flip

Een paar uur later

Die Lana! Had ik niet van haar verwacht. Heeft ze het door veel praten met pa en met ma toch maar mooi voor elkaar gekregen dat ze nu met zijn tweeën gaan eten. En niet in een restaurant, maar gewoon thuis! Terwijl Lana kookt en alles regelt.

Ongelofelijk, had ik echt niet verwacht! Dat ze zoiets zouden doen, bedoel ik. Een van de twee had maar hoeven zeggen dat hij (of zij) er geen zin in had, dan was dat hele etentje niet doorgegaan. Misschien wordt het toch nog wat... Of ze gaan tijdens dat etentje weer gewoon knalhard ruziën, natuurlijk.

Tobias

Nee, man. Lana zegt dat het echt werkte. Dat ze met z'n tweetjes de hele avond hebben zitten praten. En dat ze besloten hebben om bij elkaar te blijven. Beter hun best gaan doen, en tijd voor elkaar maken.

Wel flauw van Lana dat wij er niet bij mochten zijn! Een paar goede grappen hadden in zo'n gespannen situatie nooit kwaad gekund, toch? Een beetje sambal door de soep, of zo'n bruisbal uit de badkamer, ze moeten gewoon weer een keer lachen.

Flip

Echt ongelofelijk. Zoals ze nu tegen elkaar doen, vergeleken met een week geleden, wat een verschil. Ze praten weer, ze kijken weer naar elkaar. En ze lopen niet om iedere kleinigheid te zeiken en te zeuren. Het lijkt wel alsof we ineens twee andere ouders hebben...

Wel goed dat ze ook hebben afgesproken om eenmaal per week iets met z'n tweeën te gaan doen. Ga ik ook zo regelen, als ik ooit nog eens mocht trouwen. (Jij hoeft daar niet over na te denken, want jij trouwt natuurlijk nooit, met dat belachelijke haar van je.)

Toch ook wel jammer dat het zo gelopen is. Ik had me al helemaal verheugd op dubbel zakgeld en dubbele vakanties. Nou ja, je kunt niet alles hebben.

Tobias

Nee, alsof jij eruitziet als de ideale schoonzoon. Dan zul je toch echt eerst naar de kapper moeten, haha.

Hé, dat is wel een grappig thema voor dat nieuwe project van Mokketier: een estafettevoorstelling over liefde. Voor wie of wat dan ook. Hoeven we tenminste niet samen met anderen iets te doen, maar kunnen we gewoon onze eigen gang gaan. Zie ik eigenlijk best zitten. Wat zullen we doen? Het moet wel iets met onszelf te maken hebben.

Flip

Nou, dat is niet zo moeilijk, toch? Dan hebben wij het gewoon over elkaar. Als tweeling, bedoel ik. Noemen we dat toch 'liefde', broederliefde. Dat telt ook, ook al is het een wijvenwoord natuurlijk. Maken we

er een hele wisselshow van, steeds elkaars persoon-
lijkheid innemen, tot helemaal niemand meer weet
wie wie is.

En dan kunnen we alvast gaan 'oefenen' in de
klas. Daar kan een leraar dan moeilijk iets van zeggen, want we zijn immers met een project bezig?
Hoeven we het niet eens in het schrift op te schrijven.

Tobias

Goed plan! En ik vind het geen wijvenwoord. Liefde
is liefde: broers, meisjes, jongens, wat maakt het
uit?

En dan gaan we natuurlijk ook filmen. Maken we
'the making of'(met lekker veel bloopers natuurlijk!), dat levert studiepunten op. En het is nog leuk
ook! Ik heb er nu al zin in.

Tussen twee haakjes, nog steeds geen spoor van
ons vorige schrift. Door dat gedoe tussen pa en ma
dacht ik er even niet aan, maar denk maar niet dat
ik het vergeten ben. Zoek je er eigenlijk nog wel
naar? En heb je al tussen de troep in je kluisje ge-
zocht?

Flip

Ja, reken maar dat we alle sappige achtergronden van dit project gaan vastleggen op video! Wij zijn de paparazzi van Spangalis! Niets blijft voor ons verborgen! Wereld, maak je maar klaar voor enorme onthullingen door de Van Hamel Brothers!

(En oké, ik zal vandaag mijn kluisje eens onder handen nemen...)

Tobias

Het werkt goed, broer! Die Damstra had er vandaag echt geen idee van dat we voor de pauze van plaats verwisseld hadden. En na de pauze weer andersom. Alleen maar door van pet en van T-shirt te ruilen. Wereldgrap!

En ik vind het ook wel lekker om met de camera in de aanslag door de school te lopen en iedereen te verrassen, terwijl ze met het project bezig zijn. Vooral omdat ze het niet verwachten! Moet je die koppen af en toe zien, als wij met onze camera te voorschijn springen. Lachen!

Flip

Vrijdag

Dit is hot, man! Heel wat beter dan dat kleffe gedoe en dat stomme gezoen van die gasten uit Lana's klas. We hebben gewoon knalhard in beeld hoe Mokketier verliefd naar Damstra kijkt. Twee leraren! Volgens mij is ze echt stapelgek op hem! Dat wordt een mooie 'making of': de making of de liefde tussen twee leraren. Krijgen ze elkaar? Zorgen ze samen voor nieuwe lerarenkindertjes voor de toekomst van het Spanga. Yes!

Tobias

Mooie beelden, broer! Mokketier lijkt inderdaad wel zo'n soapactrice, zoals ze naar hem kijkt. Cool!

Vond je het trouwens ook niet stoer dat die Sylvian, die de decors maakt, zo openlijk vertelde dat hij homo is? Had je moeten zien hoe sommige sukkels daarop reageerden, dat was echt niet normaal! Die ene grote met die zwarte kleren, Thorsten, stond me daar toch een partij stom te praten. En ook die in het zwart geklede meelopersvrienden van hem deden even hard mee. Alleen maar omdat Sylvian van mannen houdt. Ik snap niet waarom sommige mensen daar zo moeilijk over doen.

Flip

Ik keek er wel van op, moet ik zeggen. Had ik niet van hem gedacht, hij ziet er helemaal niet nichterig uit. Het kan me verder eigenlijk niet zoveel schelen, of iemand homo of hetero is. Dat moet iedereen zelf maar weten: van mij mag iedereen houden van wie hij wil. Maar ik ben blij dat ik het zelf in elk geval niet ben (ik moet er niet aan denken om met een jongen te zoenen, bleh!), het lijkt me niet echt makkelijk om homo te zijn, vanwege types die zo gaan lopen zieken als die stomme Thorsten.

Maar als je een normale relatie hebt – tussen man en vrouw, bedoel ik – is het dus ook niet alles. Kijk maar naar pa en ma. Ik bedoel, nou gaat het wel weer met die twee. Maar zelfs als je van elkaar houdt, kan het dus goed mis gaan.

Tobias

Liefde is liefde, of dat nou voor een man of voor een vrouw is. Zou niks mogen uitmaken, vind ik. En daar hebben andere mensen gewoon helemaal NIKS over te zeggen. Iedereen moet toch zelf weten van wie hij houdt? Dat gezeur altijd. Laat de mensen zich toch lekker met zichzelf bemoeien, zeg!

Flip

Kalm maar, broertje, wind je niet op. Je hebt helemaal gelijk, hoor.

Maarre, binnenkort is de nieuwe repetitieweek. We kunnen altijd nog besluiten om onze wisseltruc nog een keer te herhalen, dan gaan we zeker over. Of we doen het op jouw manier. Maar dan moeten we dus hard aan het werk. Want dan moet je me echt helpen met bio, anders wordt het niks.

Tobias

We doen het op mijn manier. Dat hadden we toch al afgesproken? Dit keer zullen we laten zien dat we het op eigen kracht kunnen. Ik help jou met je bio. En dan moet jij me wiskunde uitleggen. Ik ben allang de draad weer kwijt. (En mooi balen dat ons schrift dus ook niet in jouw kluisje ligt. Nu weet ik het dus echt niet meer, hoor.)

Flip

Maandag

Hé bro, ik ben vanmiddag weer met de camera op stap geweest. En je zult het niet geloven, maar ik heb een gesprek opgenomen tussen Sylvian en Damstra. Niet te peilen, man: die twee gaan met elkaar! Ze wonen zelfs samen! Nooit gedacht van Damstra. (Zoiets kun je dus blijkbaar echt niet aan iemand zien. Ik had altijd gedacht dat het meestal wel zo was, dat je homo's er zo tussenuit haalt. Wist jij dat?)

Maar goed, Damstra wil dus niet dat het op school bekend wordt dat hij homo is. Hij is bang voor de reacties van Thorsten en andere homohaters. En die Sylvian zei dat je altijd voor je liefde moet durven uitkomen, maar nee hoor: Damstra wil het stilhouden. Dat is dan jammer voor hem! Want wij gaan dat mooi in 'the making of' zetten!

Tobias

Sorry bro, maar daar ben ik echt tegen. En nee, ik wist dat niet van Damstra. Ik ben altijd voor een goeie grap, maar ik vind echt dat Damstra zelf met zoiets naar buiten moet komen. Dat is hartstikke belangrijk voor het leven van die man, joh, daar mogen we ons niet mee bemoeien. Echt: ik wil het niet! (En natuurlijk kun je dat niet zien aan iemand, sukkel!)

Flip

Een paar uur later

Ik weet niet wat ik meemaak, bro. Eerst wat je schreef en nu wat je doet. Dat jij zo voor die Damstra opkwam toen die rare Thorsten en zijn vrienden zo over hem te keer gingen. Zo heb ik je echt nog nooit gehoord! Die sukkel van een Thorsten wist niet eens iets terug te zeggen. Maar je was ook écht boos. Ik wist niet wat ik zag.

Tobias

Ja, dit vind ik nu eenmaal belangrijk. Damstra heeft er toch niet voor gekozen om te zijn zoals hij is? Hij houdt gewoon van mannen. Punt. Dat moet toch kunnen? Liefde is nooit verkeerd, wat sukkels als Thorsten daar ook van zeggen.

Stel dat ik niet alleen van meisjes houd, maar ook van jongens. Dan zou ik me daar toch niet voor hoeven schamen? Echt, broer, ik snap zulke eikels niet. Waar halen ze het recht vandaan om andere mensen zo te veroordelen, alleen maar omdat ze van iemand houden?

Flip

Oké, rustig maar, ik ben het helemaal met je eens. Daarom vind ik juist dat we dat filmpje wel moeten laten zien. Dan weet iedereen het, dan zijn al die roddels over Damstra en Sylvian die nu de ronde doen ook meteen verleden tijd! (En iedereen zal ons filmtalent geweldig vinden!)

Tobias

Je begrijpt er echt niks van. Jouw hersens moeten wel heel erg geklutst zijn door dat ongeluk. Voor de laatste keer: we doen het niet, dat gaat echt te ver! Weet je nog dat Damstra vertelde dat hij vroeger zo erg werd gepest? Als we dat filmpje laten zien, gaan Thorsten en zijn vrienden zijn leven vast opnieuw tot een hel maken. Dat kunnen we niet maken, man.

Schiet je trouwens al een beetje op met je biologie? Als je achter komt te liggen op het schema dat we hebben opgesteld, help ik je niet, hoor! Ik heb zelf keurig alle wiskundeopgaven gedaan die je me hebt opgegeven. Dus jij ook!

En ons schrift is ook nog steeds kwijt...

Je bent soms echt een ontzettende klier, weet je dat? Je kunt niet overal een grapje van maken. Dat filmpje van Damstra is NIET grappig. Als je dat laat zien, zal iedereen denken dat het ook mijn idee was. Wij krijgen toch altijd samen de schuld, ook al was het alleen jouw schuld. Kijk maar naar dat telefoontje naar Damstra, of die flauwe broodroostergrap van je. Maar hier wil ik niks mee te maken hebben!

Weet je nog dat je zei dat het niet altijd leuk was om een tweeling te zijn? Nou, dit is dus zo'n moment. Je zoekt het maar uit. Ik schrijf geen letter meer totdat je dat filmpje hebt gewist en ons oude schrift weer boven water is.

Flip

Ik verbaas me steeds meer over je, broertje! Respect! Pakt die ene kerel onze camera en sla je die gozer gewoon neer. Zo'n kleerkast. Die gozer was veel groter en sterker dan jij! Terwijl al zijn vrienden er omheen staan. Natuurlijk, ik zou je geholpen hebben als het op matten aankwam, maar dan waren we knap kansloos geweest. Man, jij durft! Nooit gedacht dat je zo cool zou zijn...

Tobias

Dinsdag

Flip? Kom op nou... Als je het echt zo belangrijk vindt, zal ik het filmpje niet laten zien, oké? En ik help je heus nog wel met wiskunde, we hebben nog een paar dagen voor het proefwerk. Chill, man.

En ik weet echt niet waar ons schrift is. Ik zou niet meer weten waar ik moet zoeken, ik heb echt al honderd keer overal gekeken.

Tobias

Donderdag

Oké, je bent dus écht kwaad... Hier kan ik niet tegen, bro. Wij zijn toch tweelingbroers, beste vrienden? Kom op, als je niks wil zeggen, schrijf dan in elk geval iets in ons schrift. Ik zag best dat je er gisteren even in keek.

Flippo?

Tobias

Maandag

Ik heb nagedacht over wat je schreef, broer. Ik heb het filmpje gewist, niemand zal het ooit te zien krijgen. En ik heb erover nagedacht. Je had gelijk. Het gaat niemand iets aan dat Damstra en Sylvian met elkaar gaan. Dat moeten ze zelf maar een keer vertellen, als ze dat ooit willen. Ik wilde daar niemand mee kwetsen, en jou al helemaal niet. Ik wist niet dat je je dit allemaal zo aantrok, bro.

Ik had er niet bij stilgestaan dat het filmpje Damstra en Sylvian in de problemen zou kunnen brengen. Dat vind ik ook helemaal niet grappig. Misschien ga ik soms een beetje te ver met mijn grappen... Ik was gewoon zo enthousiast bezig met onze bloopersimulatie, ik dacht er verder niet bij na. Sorry, dat meen ik echt. Laten we alsjeblieft weer vrienden en bloedbroertjes zijn.

PS 1: Nog even over ons schrift, het is echt weg, man. Maar als iemand er iets mee had willen doen, ons chanteren of zo, was dat inmiddels wel gebeurd, dat weet ik zeker. Maar mocht het ooit nog boven water komen, zorg ik ervoor dat jij niet in de problemen komt. Dan neem ik alle schuld op me. Jij krijgt inderdaad vaak de schuld van dingen die ik doe. Dubbel sorry. (Al is samen huisarrest hebben wel stukken gezelliger dan in je eentje.)

PS 2: Ik heb de meeste opgaven voor biologie af, mocht je me nog willen helpen. Ik heb alle belangrijke wiskundeformules die je moet weten voor het volgende proefwerk in elk geval op je bureau gelegd...

Tobias

Ha, mafkees. Hè, hè, zo te zien ben je eindelijk bij zinnen gekomen. Af en toe ben je echt traag van begrip, Slomias van Hamel!

Bedankt dat je het filmpje hebt gewist. Daar ben ik blij om. Je hebt meestal briljante ideeën, maar je gevoel voor timing is soms beroerd. Gelukkig heb je mij daar voor. Soms kan een grap negatief aflopen, ik weet gewoon zeker dat het beter is om dat filmpje niet te laten zien.

En van dat schrift... Ik had het net zo goed ergens kunnen laten liggen. Je zal wel gelijk hebben dat het gewoon is weggegooid door de schoonmakers op school of zo. En mocht het toch ooit uitkomen, worden we gezellig samen geschorst en moeten we tot ons dertigste papiertjes prikken en kauwgum van tafels krabben. Kan me niet schelen, daar slaan we ons samen wel doorheen. (En inderdaad hadden we tot nu toe meestal best lol als we straf hadden!)

Oké, alles is vergeven en vergeten. Ook al doe je soms achterlijke dingen, je bent en blijft voor altijd mijn tweelingbroer. En kom nu maar op met die wiskundetips!

Flip

Ben blij dat alles weer goed is tussen ons, bro. Ik vond het echt zwaar niks om ruzie met je te hebben. Het kan me niet schelen met wie ik ruzie heb, als het maar niet met jou is. Laten we vanaf nu nooit meer ruziemaken, deal?

Trouwens, doordat ik die opdrachten van biologie zelf heb gemaakt, begrijp ik 't al wat beter. Ben benieuwd of we het nu zelf gaan halen.

Tobias

PS: Het is nu wel weer hoog tijd voor een goeie grap, vind je ook niet? En het wordt hoog tijd dat we met onze film gaan beginnen. We hebben nu genoeg geoefend! Anders winnen we die Oscar nooit.

Dinsdag

Die grap moet even wachten, broer, en de film ook.
Ik heb net een hartaanval gehad. Ik zag hoe Damstra ons heen-en-weerboek aan pa gaf. Zat blijkbaar
tussen zijn spullen. Nu heeft pa ons schrift... Dit is
het einde, man! Ga maar vast op je kamer zitten, je
komt er voorlopig niet meer uit.

Flip

Je hebt gelijk, bro! Toen ik net even zijn werkkamer
binnen kwam en een onschuldig babbeltje met 'm
maakte, zag ik ons schrift duidelijk tussen een paar
andere papieren in zijn koffertje liggen. Hij is een
meesteracteur, dat hij niks heeft laten merken...
Wat moeten we nou doen?

Tobias

Redden wat er te redden valt! Ik leid hem af, jij pakt
het schrift. NU!

Flip

Nou, dat is dus mooi mislukt. Vraag je hem om hulp bij scheikunde, zegt-ie dat-ie het te druk heeft. Dat hij je morgen wel komt helpen. Het was de bedoeling dat hij onmiddellijk met je mee naar onze kamer zou lopen om je te helpen, zodat ik het schrift ongemerkt kon pakken. Maar hij bleef zitten waar hij zat. Vragen we hem een keer om hulp... Dat noemt zich leraar!

Tobias

Zeg dat wel, man. We pakken ons schrift vannacht wel, als iedereen slaapt. Oké?

Flip

Blijven we tot diep in de nacht op (pa had het dus écht druk, dat hij tot halftwee zit te werken... of zou hij al die tijd in ons schrift hebben zitten lezen?) blijkt die stomme rotkoffer op slot te zitten. En natuurlijk lag het ook nergens op zijn bureau...

Tobias

Oké, we zijn er geweest. Morgen zal hij ons wel op onze lazer geven en ons levenslang opsluiten, er is niks meer aan te doen. Geniet nog maar even van je laatste avond als vrij mens.

Flip

Woensdag

Super bro. Wat ging dat ontzettend goed, met die voorstelling! Dit was echt de mooiste manier om die Thorsten en die stomme meelopers op hun nummer te zetten. Gewoon vanaf het podium met z'n allen zeggen dat liefde het mooiste is wat er bestaat. En dat het niks uitmaakt van wie iemand houdt. Zag je ze kijken? Daar hadden ze niet van terug! Zeker niet toen die Avalanche ook nog eens gehakt maakte van die Thorsten. Blij dat ik hem niet was, wat kan dat mens tekeer gaan, zeg!

Tobias

Het mooiste vond ik dat Damstra en Sylvian samen op het podium kwamen staan. Om op die manier aan de hele school te vertellen dat ze van elkaar houden: dat vond ik dus zwaar ontroerend. De tranen stonden in mijn ogen. (dit blijft wel onder ons, hoor!) Ik moest alleen even lachen toen ik zag hoe teleurgesteld Mokketier naar Damstra keek. Toch wel lullig voor haar. Goed dat je niet alleen die opnamen van Damstra en Sylvian, maar ook die van haar en Damstra uit onze bloopercompilatie gehaald had. Anders was het echt pijnlijk voor haar geweest.

En als je nou nog niet opschiet met je bio, dan zoek je het zelf maar uit, dat beloof ik je ook! De repetitie is al over een paar dagen!

Flip

Ja, je had gelijk, broer. Het was inderdaad wel mooi dat ze het zo openlijk vertelden, honderd keer beter dan in ons filmpje. Maar pas je wel op dat je geen halfzacht ei wordt? Want als je in het openbaar gaat lopen janken, houd ik jouw tandenborstel ook in de plee hoor!

En, ja ja ja. Ik schiet op met m'n bio, maak je maar niet druk! (Je lijkt pa wel!)

Tobias

Dat zou ik maar snel terugnemen als ik jou was, mafkees! Ik heb er wel mooi voor gezorgd dat we ons schrift zonder kleerscheuren weer terughebben, waar of niet! Je mag me wel eens bedanken!

En als ik een halfzacht ei word, zoals jij dat weer zo lekker weet te zeggen, dan doe je het er maar mee. Van mij kom je niet af. Ik ben namelijk je tweelingbroer, mocht je het soms vergeten zijn.

Flip

Ja, jij bent de beste, bro! Staande ovatie! Echt stoer van je dat je er tijdens het eten over begon hoe lastig het was dat je je oude maatschappijleerschrift al een tijdje kwijt was, omdat daar belangrijke aantekeningen in stonden. Zeker nu we een groot proefwerk hebben binnenkort. (Geef toe: het had ook heel anders kunnen aflopen. Voor hetzelfde geld was de bom nu gebarsten!) Schrikt pa zich te pletter, omdat-ie dat ding al een tijdje terug van die kerel van maatschappijleer had gekregen. Blijkbaar is het schrift uit mijn rugzak op de grond gevallen, zonder dat ik het gemerkt heb. Ben echt superblij dat die kerel het schrift zonder erin te kijken aan pa gaf, om aan je terug te geven. En wat een geluk dat pa het gewoon glad vergeten was en er nooit meer aan heeft gedacht… En nog eens extra geluk dat we 'Maatschappijleer' op het schrift hadden gezet! Dat was echt een goed idee van je, Flip! Pfff, wij hebben echt vette mazzel gehad!

Tobias

Zeg dat wel! Ook geluk dat hij niet op het idee kwam dat jij natuurlijk precies dezelfde aantekeningen zou moeten hebben, die ik zo van je had kunnen overnemen... Zelfs Lana had niks door, want die zat met ma over vrouwendingen te kleppen. Pfff, we zijn er echt goed van afgekomen, broer!

Flip

Dit moeten we vieren. Wat dacht je van een grote ijscoupe met zes bolletjes? Ik trakteer.

Tobias

Donderdag

Yes! Gelukt! Zie je wel dat we het kunnen! Dit is de manier waarop ik wil dat we elkaar helpen: door elkaar sterker te maken. Niet door de wereld voor de gek te houden, al is dat soms wel leuk. En bijna altijd makkelijk.

Man, ik had nooit gedacht dat ik nog eens een zeven zou halen voor een repetitie wiskunde. Yeah! Geweldig! Pa was niet zo trots op me als toen met

die acht. Maar hij zou eens moeten weten, deze zeven heb ik op eigen kracht gehaald. Met hulp van
mijn broer. Man, wat voelt dat goed!

Flip

Je hebt helemaal gelijk, broertje. Ik ben ook apetrots
op mijn zes voor bio. Ook al noemde pa het dan 'een
mager zesje'. Ik heb het dit keer toch zelf gedaan.
Klasse, broertje! Samen kunnen we gewoon de hele
wereld aan. De Van Hamel Broers kunnen alles! Yes!

Dan gaan we nu eindelijk een keer de ultieme
grap uithalen met Lana in de hoofdrol. En die film,
broertje, dat gaat ons lukken. Laat ze die Oscars
maar klaarzetten. Eentje voor jou en eentje voor
mij. *Zombies op het Spanga*. Ik zie het al helemaal
voor me.

PS: Zeg, wanneer laten we nou eigenlijk die pizza op
school bezorgen? Tijdens het vierde of 't vijfde uur?
☺

Tobias